逆光
赴一场不说再见的旅行

恰北北 著

四川文艺出版社

图书在版编目（CIP）数据

逆光：赴一场不说再见的旅行 / 恰北北著. —— 成
都：四川文艺出版社，2020.1
　ISBN 978-7-5411-5560-4

Ⅰ.①逆… Ⅱ.①恰… Ⅲ.①随笔—作品集—中国—
当代 Ⅳ.①I267.1

中国版本图书馆CIP数据核字（2019）第259490号

NIGUANG FU YICHANG BUSHUO ZAIJIAN DELÜXING

逆光：赴一场不说再见的旅行

恰北北　著

出 品 人　张庆宁
责任编辑　金炀淏　彭　炜
内文设计　史小燕
封面设计　叶　茂
责任校对　蓝　海
责任印制　崔　娜

出版发行　四川文艺出版社（成都市槐树街2号）
网　　址　www.scwys.com
电　　话　028-86259287（发行部）　028-86259303（编辑部）
传　　真　028-86259306

邮购地址　成都市槐树街2号四川文艺出版社邮购部　610031
排　　版　四川胜翔数码印务设计有限公司
印　　刷　四川华龙印务有限公司
成品尺寸　145mm×210mm　　　　开　本　32开
印　　张　10.75　　　　　　　　字　数　240千
版　　次　2020年1月第一版　　印　次　2020年1月第一次印刷
书　　号　ISBN 978-7-5411-5560-4
定　　价　58.00元

N i G u a n g

目录

重庆

京城

浙江

厦门

四月首尔

成都

越南

重庆

初夏，雾都

2013年，重庆的夏，几乎从4月就开始了。

灼热的阳光蒸腾着嘉陵江水，一层热雾就闷住整座城市。

闷热潮湿的傍晚，十几平方米的出租屋里，一只蚊子在我耳边飞过。

在重庆活了十几年，回头一想，我竟然说不清从哪一年开始，它的夏来得这么早。

春短夏长，总是后知后觉。

十几平方米的出租屋是我和S在我们大学附近的小区租的。

刚搬进去的时候，我老是嫌小，两张书桌都放不下。嫌S的台式电脑太大，独占了唯一的书桌。

后来台式电脑不见了，书桌上只剩我小小的笔记本。我突然觉得很难看很不协调，于是买来好多植物堆满了整张桌子，直到发现打字的时候都没地方放手。

这样的反差，让我很难堪。

好在这也并没有持续太久时间。
4月闷热的傍晚，一只蚊子在我耳边飞过。
这座城市入夏了，这一切都也将要结束了。

那出租屋是一个很老的小区，因为离学校近，因为房租便宜，因为房子老到原住户都在等拆迁，所以里面住的几乎都是我们学校的。大二开学的时候，我和S搬进这里。我们楼上住的就是和我一个系的同学，楼下住的也是同学校不同系的，还有楼下的楼下，以及楼上的楼上。

当然，也还有原住民。比如，我隔壁的。

那是个性格乖张的大妈，也是这小区看门的。

很多人都说这大妈脑子有问题。天气一热，总是一大早就端个凳子，摇把蒲扇坐在了小区门口，逢人进来就问找谁，新人都当她是门卫，旧人才知道，这破小区早就没有门卫了，门口那岗位就是她自己给自己找的活儿。

从没见她给过谁好脸色，嘴里也总骂骂咧咧。

在她隔壁住了三年，她就对我笑过两次，一次她大儿子回来，一次她小儿子回来。只是她的儿子们从不留下来过夜。

笑是没怎么笑过，但她倒是跟我们说过不少话。

每当我们在房间里放音乐的时候，或者当我们叫了很多朋友来玩的时候，再或者我们晚上回来得晚了在走廊上弄出声音来的时候，她都会在隔壁扯着嗓门儿喊话，大多不怎么好听而且还伴随情绪激动的语调。

有时候S听上火了，捏着拳头就冲到隔壁。

大妈"砰"的一声关上门。锁死。在里面继续喊话。

大妈似乎非常不喜欢大学生。小区里的大学生，估计没一个她看得顺眼。

但她又特别喜欢大学生的东西。

年轻人激动起来，各有各的特点。

我们楼上那对情侣吵架的时候爱扔衣服。女生把男生的衣服一件一件往下扔。

刚好他们的窗口就在大妈阳台的上方。衣服没有多少重量，轻飘飘都到了大妈阳台上。

上面可劲儿扔，下面可劲儿捡。

大妈边笑边喊："勒个架吵得好，娄势吵，好得很。"

吵骂声停了没多一会儿，就能听到楼上男生一溜小跑下楼去敲大妈的门。

"大妈我错了，你把衣服还给我嘛，我们以后不说你脑壳有问题了，也不得大声吵架了。"

大妈不作声。

男生又说了几遍，里面还是没声音。

男生怒了，使劲踢门："神经病，把衣服还给我，你还不还，不还老子砸门了。"

"死娃儿你敢砸门，我捡到就是我的。你们勒些哈娃儿，都没得教养，滚出去，滚出这栋楼，一个二个没意思的东西，给我滚。"

然后一阵强烈的踢门声，周围的人都开门出来了。

楼上的女生也下来了，拉走她男朋友，说算了，就是个疯女人。回去了，也没几件衣服，买新的就是了。

说来楼上的女生还是个小鸟依人的江南女子，小胳膊小腿儿的艰难地拽着她男朋友离开。

男生不甘心地边走边说："都怪你，下次不准扔我衣服了。"

女生点点头。

小情侣和好了，大妈得了一堆衣服。我和S抱着冰西瓜躲在门后听着，嘻嘻哈哈笑作一团。

　　如果这样的吵架大妈觉得吵得好，相比之下，我就吵得不太好了。

　　我肾上腺素飙升的时候，手也是很欠的。喜欢摔东西。每次和S吵架，无论什么，只要在手边，情绪一激动，免不了要支离破碎。

　　气氛安静后，S都会默默把一地碎片扫到走廊角落。

　　摔最惨的一次，估计就是桌子上的那台大电脑。

　　那次气氛安静后。S走了。没再回来。

　　我默默把一地碎片扫到走廊角落。

　　次日清晨下楼，就看见隔壁大妈在角落的垃圾堆里翻着电脑碎片，一边翻一边以一种很可惜的语气念念叨叨："勒些哈娃儿，点都不晓得过生活，没得人教啊，没得教养啊，上个啥子大学嘛，害人啊……"

　　那时候临近4月，厚重的云层下跃跃欲试的阳光穿过走廊的镂空水泥墙落到台阶上。

　　好像被什么东西哽了喉，我安静地从她背后走过。

我转身下楼，在一楼的小卖部买了一瓶水。

卖水的是个发福中年男人，夏天喜欢穿一件白色的背心，没生意的时候喜欢一边嗑瓜子一边看电视。

小区老人喊他老李，学生叫他李老板。他喜欢小区里的大学生，尤其是女大学生。只要是女生来买东西，他都笑嘻嘻抓把瓜子给人家。

他似乎没成家，没小孩，我们也从没见过他老婆，有时候他店里也有女人，但每次我看见的都不是同一张脸。常听小区里喜欢吃完饭凑一堆嚼舌头的大妈们说："勒个老李，花花肠子多得很。"

但我一直觉得这些嚼舌头的大妈可能误会了。

因为至少李老板对电视频道的喜好就很专一。小卖部里的电视几乎从来没换过台。只看一个重庆才有的生活频道，那个频道都是些重庆电视台自制的方言电视剧。除了雾都夜话，就是生活麻辣烫。

这个频道特别厉害，连广告都是重庆话版的。

李老板把水递给我，笑嘻嘻地说："耶，要走了哦，妹儿。啥子打算呢，工作定没得。"

我摇摇头，又觉得有些不妥，补了一句说："慢慢来吧。"

"要得，慢慢来好，你们大学生有文化又年轻，不得怕找不到工作。不像我们，我们都是被淘汰的。"

我笑了一下。

也不知道是笑给他看，还是笑给自己看。

夹在李老板和隔壁大妈的话语之间，一碗鸡汤，一碗砒霜。

我出了小区门口，突然就想回头看一眼。

茂盛的爬山虎爬满整个破破旧旧的泥瓦墙，常年被油烟洗礼后脏兮兮的窗户，枯萎和盛开的老盆栽堆在小小的破旧的阳台上。

还有那些挂得横七竖八，遮天蔽日的衣服。

我喝了一口从李老板那儿买来的水。

努力想要把那种哽在胸口的情绪咽下去。

　　那年头重庆还有不少这样的老小区，小区没几栋楼，总有一两个一楼是开小卖部的，几百米内就有个小市场，卖蔬菜瓜果。小市场附近也有小餐馆，锅灶就在路边上。热油下锅，每个饭点路过，整条街都是香的。

　　大爷大妈喜欢摇着蒲扇在小区里坐着乘凉，看着刚搬来素未谋面的新住户，指指点点窃窃私语。买完菜回来的家庭主妇喜欢在楼下聊聊别人家的家长里短直到11点不得不回去做饭。

　　小区角落还总配了一套代表着政府关爱，颜色艳丽的社区健身型器材。

吃完饭的小屁孩儿们会在那些器材上扮演战争游戏。

他们很入戏，也很当真。

小瘦孩在跷跷板的一头，高高在上，展开双臂翱翔，像战斗机。

另一头的小胖孩急切地冲他喊。

"该我了，该我起飞了。"

"你太胖了，只能当地对空导弹。"

刚说完，战斗机就坠地了。

晨起晚归，人来人往。

老校区的房子躲在重庆凌晨的薄雾和傍晚的余晖里。它们老了。在这个日新月异的城市里。

它们很老了。

初夏，校园

4月后，我也从老小区搬了出来。重新住回了宿舍。

那时候该结课的学科都已经结课了。所剩不多的课上，老师讲得也少了。

教室窗外的树叶颜色越来越油绿，阳光洒下来，树叶间隙的光溜进了教室里的墙壁。

老师讲得少了，听课的学生却多了。

还戴老式玻璃镜框的法学教授走进教室，在讲桌上把书翻开。点名都省了，因为座无虚席。

我和睡对面的女孩坐一起，听她耳机里的音乐。那段时间刚刚上映完《致我们终将逝去的青春》，她的耳机里就一直单曲循环王菲的《致青春》。

我们就这样听了一节课。

她边听边看一本我已经忘记名字的书。我边听边埋首在手臂里，我想睡觉的，但睡不着。

后来我抬起头，她很认真地盯着我的眼睛，然后说："也没有眼泪啊。"

当你在可以自由活动的教室不聊天不看闲书，只是头埋在手臂里沉默很久。从外观上看，除了像在睡觉，也像在流泪。

我想她大概误会了。

但我其实并不会听那样一首歌而流泪。

我喜欢王菲，喜欢她虚无缥缈的声音，喜欢她喘息转调间回荡着的无所谓。

初中的时候我会省下一部分为数不多的零花钱。为了买周杰伦和王菲的正版磁带，放进我那只很旧的随身听里。在那个已经流行iPod的年代。当时我觉得我这样的行为很酷很复古，甚至也很高尚。

但这首歌并不是我喜欢的那种歌。太用力了。

我甚至有点后悔这一节课的时间就听了这么一首歌。还不如去没人的走廊角落发呆，把王菲的老歌听个遍。说不定我还会真的落泪。

而且那会儿我也还没有看那部电影。我是两周后才看的。

就在离学校最近那个购物广场顶楼的电影院，和S，这个曾经很熟悉，当时却觉得陌生的人。我记得我们当时是在购物广场的二楼吃了火锅才上去看的电影。那个购物广场是离学校最近的商业街，所以一般都很热闹。

上电梯的时候，我和S之间的位置挤了好多人。我隔着人群看着他，想着在往后的漫长岁月里，还会有更多东西隔在我们之间，茫茫人海，岁月山河。

那晚一切都没有让人失望。

火锅的味道，热闹的广场，还有故作姿态尽量显得淡定从容的我。

只是那部电影没有室友说的那样动人。

看完之后，我甚至想不起来主人公的名字。我只能想起来那是最后一场我和S两个人去看的电影。

轻描淡写，暗流涌动。

早课开始变得少之又少。每天都可以睡到自然醒，没有负罪感的自然醒。

所以每晚也就睡得很晚。寝室室友们喝酒聊天，通宵达旦。说说以前，聊聊以后。有的话题一笔带过，有的故事情绪亢奋。

有时候我们也爬上寝室楼顶，看看那把打不开的锁是不是依旧打不开。

我们坐在楼顶的走廊喝罐装啤酒，唱《同桌的你》，直到宿管阿姨赶来才一哄而散。

睡我下铺的南京女生依旧胆子最小，在宿管阿姨赶来前，把空酒罐塞进了衣服。她也依旧不喝酒，也依旧很语重心长地劝我们说，少喝点吧。

大概好多人都回来了，那些实习的，或是从来没在寝室住过的，夜晚的学校宿舍开始变得热闹。

尤其是上面这几楼。

　　晚上女生宿舍楼下送花的男生也多了。我们这栋楼对面刚好就是一栋男生宿舍楼。我们这边不时有妹子唱歌，对面男生也跟着和。

　　我在阳台上一边抹着脸上的洁面泡沫，一边艰难地睁开眼朝着对面楼的歌声寻声望去，这学校夜晚的灯光，曾经我嫌它们灰灰暗暗，如今被泡沫折射得光芒万丈。

　　恍若光阴交错。

　　这一幕既是这年夏天最后的狂欢，也像那年一切都才刚刚遇见。

　　拥有和失去的刹那间，往往让人顿悟，接着是无可奈何的回忆，各奔东西。

5月。

我离开学校的时候，被枝繁叶茂的大树覆盖的校园里，已经可以随处听见蝉鸣声了。

走的时候路过种满法国梧桐的主干道，也路过每个清晨都有微风的人工湖。然后主教楼、实验楼、逸夫楼。直到校门口。

树枝挡住了一些阳光，留下树叶的影子，风一吹，影子晃动着，好像在笑。

我想那些枝繁叶茂的大树里，大概也有我去年在学校组织的植树节活动中种下的一棵。

小王子在离开的时候曾经对圣埃克说过："每个人都有一颗星星，当你仰望天空的时候，你知道，我就在其中一颗星星上，我会在那里对你微笑，那么全世界只有你拥有了会笑的星星。"

星星哪里都一样。

树也是。

所以当我再次看见风吹动树影时，我也许会再次想到这里的树。

终于有一次，我觉得那些曾经不以为然，脑袋被门夹了才会去参加的学校活动，可能真的比曾经念念不忘，以为执着到感天动地的东西，更有值得拥有的价值。

初夏，江风

我就这样从学校搬回家。

也不能说家，就是一处南滨路上的房子。

从高中开始我就一个人住在这个城市。南滨路上的房子，这么

多年过去了，几乎还是当初那个老样子。

Ally一进门就说，你家就像个没人住的样板房。

是没人住。

我爸妈并不在这个城市，我也只有周末回来，其他时间住在学校。高中的时候，他们每个周末回来，给我带很多蜂蜜、鸡汤、营养品。我嫌麻烦，也都并不带回学校，只是放在冰箱里，直到坏为止。

后来上大学了。周末回家时间少了，有时回去了也会打电话给爸妈说没回去，因为并不想被硬叫着吃那些鸡汤啊、蜂蜜啊、维生素啊，也不想把它们放坏。虽然每次都是说忘记带走其实是故意留在了冰箱里，但看见它们真的坏了的时候，我还是会难过。

这样自相矛盾的难过，小时候不会有，但越长大就越多。

我爸妈如果在电话里听我说不回去，他们自然也就懒得回去了。

所以这房子，就是大多时候没人住。

Ally又说，干脆把房子租给她算了。她毕业之后不想和父母住在一起。而她本来就想找一处江边的房子，风景好一点的，夏天的晚上开着窗江风就能吹进房间里。

Ally是我高中就腻在一起的朋友。大学在美院读设计系。后来去混了大上海。但我们一直无话不说。我当初喜欢她的身高和她的短发，后来她把头发留长了，我也并没有因此不喜欢。

我一直觉得这也算是真爱的一种。

从高中开始，家里没人的话，我都会叫她过来。虽然那时候我们常腻在一起的闺密还有两个。但只有她和我一样，是从那个年龄开始就来去自如的自由孩子。

我虽然从很小就学会享受孤独，但我并不喜欢一个人。她也是。

5月的重庆，不下暴雨的话，一天内最凉爽的时间段只有两个。

凌晨和拂晓。

住在南滨路的好处是，出门走不了几步，就到了江边。

那段时间我喜欢在拂晓时候，洗个澡，喝几口冰牛奶，然后戴上耳机去江边跑步。

我会从我住的地方，沿着江边，一直跑到长江大桥桥下就折返。这样的话，我可以每天路过两座大桥。

我很喜欢重庆的桥。虽然白天经过时常常堵车，但并不妨碍它们夜晚里绽放的美，重庆几乎每一座桥一到晚上就是艳丽而夺目的，尤其是从江这边看过去。

南滨路沿线很长，江风一吹华灯初上，很长一条临江的光带，以前人们都聚集在最繁华的中间地段，长江大桥往后是很清静的，因为周围没有酒吧之类的商业体，住宅也很少，树大草深，江边的灌木都长成了小林子，高过了江堤，风从树叶中穿过，树影在地上摇摇晃晃。

　　但是到了夏天夜晚。这样的清静就没有了，那一带昏暗的灯光下常常停了很多车。那些车，有的属于那些傍晚时分来游江的人，有的属于来夜钓的人。再晚一些的时候，偶尔也会尴尬地在晃动的树影旁，发现昏黄暧昧的路灯下同样晃动着的车。

　　所以拂晓时分去跑步除了可以看一眼江边的日出，还能躲开这些煞风景的车。

　　那段时间我去跑步，都会叫上Ally。

　　我不是一个作息规律的人，准确点是极度没有规律的人。我能早起，如若不是前一天因为什么原因午饭后就睡去之外，就是因为失眠彻夜发呆到天亮。

直到现在也是如此。因为工作加班而差点天亮的情况其实很少，大多数是本来就睡不着所以打着醒着发呆不如做点什么的幌子，挂着羊头卖了狗肉，顺便还吆喝了几句人生艰难给旁人听。

但失眠是真的，艰难也是真的。偏偏又怕看的人太当真，所以又包了一层无所谓的态度。

Ally那会儿正和她当时的男朋友如胶似漆，并不和高中一样随叫随到。尤其是拂晓这种时间，因为她可能起不来，也可能要为她男友准备早饭。

这样的理由，虽然有点重色轻友。但我是可以原谅她的。

她那会儿的男朋友是我们的高中校友。高中三年，Ally追了三年，一直到大学他们才在一起。

可以相拥入眠的两个人，必然也舍不得独自早起。

那个年纪在家长威严下都能叛逆出自由来的孩子，这个年纪义无反顾地就把自由拱手交了出去。

没有什么若为自由故，二者皆可抛。

只是刚好在什么样的年纪，刚好为什么着迷。

上午晚些时候，Ally才会来找我，还带一份多的早饭。

那会儿我已经跑完回家，冲完当天第二次澡。

重庆的夏天总是需要一天要冲好多次澡，因为一旦离开空调的房间，空气中弥漫的闷热湿气会把你从里到外都弄得黏糊糊油腻腻的，就像刚出蒸锅的鱼，滋滋的油皮上还冒着水汽。

Ally来了以后总是会先把我故意拉得严严实实的客厅窗帘重新拉开一个豁达敞亮的口子，然后把空调温度调上去好几度。

我家没有什么可供娱乐的项目。因为经常没有人住，连电视都是摆设，很久没缴过费了。

虽然没缴费，但还是有几个台可以看。其中就有那个特别厉害的重庆生活频道。

Ally开了电视，随即响起雾都夜话开场白。

"勒不是电视剧，勒是真人真事，是重庆人自己演自己的故事。"

Ally又立刻把电视关了。

然后她坐下来，开始跟我絮絮叨叨她最近找工作的事情。

她最近很烦恼，纠结于留在重庆还是去她向往的城市。重庆虽然情深，但可以给她的机会太少了。她念的服装设计，这种专业，应该往最潮流最in的地方去挤。去北上广，甚至东京、首尔。努力挤进一家很有话语权的时尚杂志社，或是一家二线品牌的设计工作室，最不济也是几个年轻人从零开始的独立小作坊。可以在市中心icon的街道上租一间不大但有情调的小公寓，就像重庆的江景房也行。早九晚五，时而加班，有一群爱喝咖啡彼此挑剔着着装的同事，吃金枪鱼沙拉当午饭，踩一双细细的恨天高。

这些都是她曾经的打算和我脑海里的设想。

但现在，她男朋友要留下来继续读研。

所以最后她说："算了，不想了，老娘也可以暂时留在重庆做点别的工作，大不了就是等他两年嘛。反正也舍不得重庆。"

Ally情绪有些激动的时候都会自称"老娘"，其实也不只她，很多重庆女孩都喜欢在情绪迸发时这样叫自己。

但这也并不妨碍她们撒起娇来的时候，像个孩子。

凌晨的夜啤酒

除了约晨跑。

5月的重庆，也适合约消夜。在重庆，有一种消夜叫夜啤酒。

我很少和Ally单独喝酒，约酒我都会叫上另外两个闺密，四个人，刚好一桌。日月光广场的小酒吧，或是较场口的苏荷。

我们喜欢把地点约在解放碑附近，多走几步，就能到那个纪念碑的广场。

1940年落成的"精神堡垒"如今夹在美美百货、摩根大楼之间，早已不是屹立广场之上傲视周围建筑的"解放纪念碑"。

据我妈说我第一次看见这块碑时，我离上托儿所都还差两岁。

当时我就盯着这碑问她，几点了。她很诧异，因为那时候我话都说不全。于是我又指着那碑上的钟问，几点了。

她说她在回答我那个问题之前，从来没去认真看过那个碑上的钟，甚至不知道它走不走，在她印象中，那只是个纪念碑。

所以我那天似乎让她特别高兴，离开的时候，我手上多了一块在百货大楼新买的电子手表。我妈说当时那表买大了，因为逛遍了百货大楼也没有适合我那个年龄的表。

我妈说的事其实我什么都不记得了。人对懂事之前的记忆总是特别模糊。

但我记得那块花花绿绿的电子表。印象中并没有我妈说的那么大。一直戴到上小学，后来嫌太土，就扔到一边了。

现在可能都找不到了。

就像现在的解放碑，如果不是走到广场跟前，那它也看不到了，淹没在四周平地而起的庞然大物中。但即便如此，重庆人还是把解放碑看作是中心。就像磁器口不做码头很久了，但老一辈重庆人都还是会喊它磁器口码头一样。

有些东西就是个印记，解放碑的钟走不走都是钟。

它在记忆里记录时间，即使现实中已被时间湮没。

喜欢约解放碑还有一个原因就是，为了方便我自己。

从南滨路到解放碑，都不用经过人多的街道，沿着南滨路一直开到大桥立交上长江大桥，过桥一直经过小米市，就到了。

这条路晚上9点后从不堵车。摇下窗能吹二十分钟清爽的江风。

这是我高中时代每周末回家时公交车必经的路线，也是我学会开车后第一条不用导航开的路线。

现在那班公交车很久没坐过了，以前喜欢坐在最后一排，需要占三个位子。我、S，和我巨大的行李箱子。

Yoyo一直对我这个看上去十分自私的原因耿耿于怀。她住在江北，和我刚好相反。9点后她那个方向过江的桥，每一条都几乎堵得死死的。所以，她总是8点就到了。然后自己去逛逛商场，差不多时间了提前去挑一个好位置等我们。

有时候为了错峰，她不得不提前两三小时出门，但Yoyo的抱怨最多也就是：

"嘟个又在解放碑哦，真的嘿堵啊。"

她真的是我几个玩伴里，脾气最好的一个。

我们约酒，什么酒都喝。但没有特别节日的话，还是啤酒喝得多。因为便宜。

重庆有自己的啤酒。一个叫山城的牌子。如果是吃火锅的话，那是最好的搭配。

那阵子重庆特别流行开清酒吧，走情怀路线，各种主题都有，有的弄一个大屏幕，天天放维秘走秀纪录片。有的东拼西凑来一个乐队，天天唱五月天、陈绮贞。去的人也多，如果刚好晚上坐轮渡游江，远远就能看到江边灯红酒绿，人头攒动。那些霓虹沿江闪了一路，此起彼伏。

但我不太喜欢在熟悉的地方尝鲜。熟悉的地方，还是那些略微有了些灰尘的角落更有味道。比如九街，比如较场口。

较场口和日月光附近有几个老酒吧，露天的座，燃一支烟，看楼下广场上人来人往。

喝累了可以过几条街，去好吃街上吃一碗酸辣粉。不想回家还能坐一站轻轨到曾家岩。出站要走一条长长的隧道，有时候有些音乐小青年在这儿表演。远远就能听到吉他的声音。

然后从轻轨站压马路，沿着中山四路一个来回，再一直走到渝澳大桥。

会经过周公馆，会经过桂园，会经过一个德克士，还会经过我们的高中。

中山四路总是曲径通幽。夏天的时候路边茂密的大树枝叶交错，阳光见缝插针，落在地上铺满一地光斑。

这是很美的一条路。

高中时代我最喜欢趁着夏天午休的时间和同桌偷偷跑出去，在这路上散步。

我会戴着耳机听着张国荣的《似水流年》边走边哼。同桌会去德克士买个"手枪腿"在我身边，边走边啃。

那个时候，好像总有很多时间去做现在看起来没什么意义的事情。

我就这样眼睁睁地看着夏天过去。

再眼睁睁地看着同桌成了胖子。

初夏，江上

　　再次坐着索道滑过长江上空的时候，我和Ally默默地夹在一群刚刚高考完的学生中间。

　　他们兴高采烈，他们眉飞色舞，说着未来的打算和接下来的狂欢，没人提起那场考试。他们嘻哈打闹，在对方的校服上画画写名

字写赠言。整个车厢都是他们的声音。后来索道开到江面上，整条江上都是他们的声音。

Ally没说话，在我旁边看着他们。

我也没话说，对着窗外看着江。

车厢里再没别人，相似的画面被硬嵌入在了同样的6月。

那是我上大学后唯一一次坐索道。

重庆有两条跨江索道，一条跨嘉陵江，一条跨长江。

还没来重庆念书的时候，每次进城来玩，总要哭着拽着大人的手，硬去来来回回坐上好几次才肯回去。

那时候高速公路还没有完全通到家那边的小镇，一来一去几小时车程，费尽周折来了，大人们还是不舍得不让我坐，于是每次都陪着坐上两三圈。

后来，来这个城市读书了，这索道却被我忘记了，初中念完一次没坐过。

再想起的时候，我都高中了。

那会儿我背着家里偷偷去舞队练舞。

舞队的培训室在新华路上。平时住校，我只周末去练。从学校坐车去新华路很近，但从新华路回南滨路很远。为了不让家里人发现，我会提前一点结束，坐上回家的车。

Yoyo有一次过来找我，结束的时候，她问我为什么不坐索道，可能还近一点。

那会儿我才想起还有这条捷径。新华路起始，上新街终了。再坐一辆公交，倒着坐几站。

后来这舞队散了，再后来又有了新的舞队。

很多东西都在变，这回家的路线始终没变。

那时候重庆没那么多游客，除了上班高峰期，索道没多少人，冷冷清清的。有一次我们舞队参加比赛拿了奖，一群人嘻嘻哈哈挤进车厢。就在江上唱歌。兴奋得也不太着调，与其说是唱不如说是吼。我们讨论着舞队今后的发展，约定几年后一起要去的比赛。一样浮夸，一样眉飞色舞。

唯一一个和我们陌路的乘客被挤在角落，面向窗外的江，也不知道在想什么。

和现在的我如此相似，就像平行空间里同一个画面。

可能是长大，就是多年之后的自己在某些时候突然看见了多年前的自己。也算明白为什么小时候总觉得大人们那么神秘，那些明明很有意思的事情面前，他们总是那么淡定和深沉。

不是没有情绪，只是同样的情绪，很早以前就被消耗殆尽。

其实Ally把我从房间里拉到长江索道上的时候，我已经在那窗帘遮严实的黑屋子里睡到分不清白天晚上了。

我并不想出去，尤其是白天。

重庆的夏天阳光被雾气折射，四面八方赶来直往眼里钻。在房间里待久了，一出门眼睛被扎得疼。眼前的一切都被阳光刻意锐化，过分清晰和犀利。

晚上就好很多。

光线微弱，路过街上的人来人往，每个人的眼神都比白天柔和，谁也不需要看清谁，夜色给每张脸都上了一层妆，很多情绪都能被粉饰在华灯夜幕里。

所以我只在凌晨去跑步，晚上去喝酒。

最后一次和大学寝室的室友聚在一起唱歌，也是晚上。

我们在深夜的KTV一直唱。两个贵州的，一个河南的，一个浙江的，一个江苏的，还有两个和我一样重庆的。寝室的美妙之处就在这里，给了一个机会，让十万八千里外或许一辈子不会有交集的陌生人住在了一起，再给一个期限给他们相爱相杀。

吵也好闹也好，反正时间到了，都是要散的。

歌好不好听，都会唱完。

送走最后两个贵州妹子后，我把河南妹子带回了家。

她的车票是第二天一早，她也没有订当晚住的酒店。

"想着晚上和你们玩也说不好玩到几点，去住也不划算，早点去车站等着就中。"

她还是一如我当初认识她一样勤俭务实，这些年我也没把她带上道。倒是她曾经每次回河南老家都带回来给我一口袋她妈妈做的大馅饼，牛肉大葱馅，一打开口袋就呛得慌，呛着呛着，把我这不吃饼的人给带上道了。

我们躺着聊天，如当初在寝室一样。

聊四季，聊天气，起初都是那些不痛不痒的话题。她还给我说她那老掉牙的笑话，说河南的冬天冷得不行，她那时候是短发，睡一晚上就压出各种造型，早上必须洗头才去上课。为了不迟到她总是来不及吹干头发就打摩的去学校，然后到了学校就是结着冰的狮子头。要花一整个早自习捂着，才能捂回原形。

"驻马店这样的地方不及重庆好，但我还是挺想回去的，回去当个老师，我弟的教育问题也解决了。"

她说。

她有个亲弟弟，几岁我已经不记得了，只记得我在寝室见过一次，那次是唯一一次她爸妈来看她，那时候她感冒烧成肺炎，她弟弟拿把玩具枪对着躺在床上的她，嚷着："姐姐，起来带我们去吃火锅。"

然后我们又聊了一些别的，一些老掉牙的八卦，班上某某和某某之间的故事。

　　直到最后她说："那天在学校看到你前男友了，他好像和别的女孩子在一起了，你们……"

　　她说这话的时候，已经很困了，语气都是飘着的。而我大概更困。恍惚着听到就睡着了，后来醒来都分不清她到底有没有说过这话。

　　河南妹子第二天一大早就走了。

　　她没有吵醒我，虽然那时候我已经醒了。但我躺在床上假装睡着，我不想白天出门，一点儿也不想。

　　她走之前帮我拉开了一点卧室的窗帘，这样有一缕阳光就刚好洒在床边。

　　她走之后，我立马起身把那窗帘拉了回来。

　　我一边拉一边看着窗外的马路，我可以想象河南妹子现在已经在火车的某节车厢里坐定，翻着一本我可能不会再有机会知道书名的书。

　　如果神能够保证每个离开的人都能过得好，那是不是分离这种事情就不会难过了。

　　房间又变黑的时候，我想起河南妹子昨晚最后一句话。

和S在一起三年。

三年人生说长不长，三年青春却好像就是全部。

而现在，我觉得我好像已经老了一些。

独自泡在黑暗里的6月，白天只有Ally会来找我。

我裹着被子把窗帘拉得很严实，空调开很大，室温不到20℃。

Ally问我："要不要出去走走？"

我不说话。

Ally问我："要不要吃点东西？"

我不说话。

Ally问我："那要不要去死了算了？"

……还真是想过。

偶尔Ally也会约上Yoyo和安吉，一起出现在我家门口。

我们四个曾是一个舞队。

那个年代街舞和说唱是地下得不能再地下的东西，如果你喜欢这些，你最好沉默，不要让那些大人知道。一旦被大人们发现你穿着很大的裤子和T恤，他们会立刻担心你是不是去了不该去的地方，学了不该学的东西。他们不懂breaking和popping，也没有去了解的时间和兴趣，但他们很确定那不是什么好东西。

辩解是无效的，只会让大家都觉得疲惫。好在大人们总是很忙，不能一直跟你耗着，你时间很多，你知道你是有机会的，所以尽量少和他们说话，继续背地挤出时间偷偷和朋友们泡在一起训练。

那时候舞队租便宜的场地练习，也筹钱买立体声的音响，在人潮散尽的街头约上别的舞队尬舞，又因为声音太大惹来警察，被追得满街乱跑。

喜欢一种东西几近痴迷，对于很年轻的人来说，那可能是第一次有这种感觉。你不会去想对不对，它让你快乐让你不那么孤独，在它那里感受到自己真实的存在，比英文数学化学物理真实多了。如果真的坚持到了很久之后，那些当初有着无懈可击的理论的大人们不再忙于生活的时候，他们有了更多的时间了解这一切，他们会知道当年的那些争执，问题到底出在哪里。他们会明白，有梦想的人和早已丧失梦想的人之间，是没有沟通桥梁的。

用一种功利主义论调评判着那些小小的刚发芽的梦想。当我们还是小孩的时候，大人们常常无意间就做了这么残忍的事。

所以那时候我们都爱躲着鲁莽的大人，喜欢身边同样温柔的小孩。

初夏，潮气

后来还是有人结束了我那些日子如蝙蝠一般的生活。

这个人是一个远方亲戚。好像应该叫大伯。甚至不知道他的名字，总共见过没有三次。他生活在云南，他女儿比我小一岁，拖家带口过来玩。这就是我知道的关于他的所有信息。

"你大伯就住我们家。你安顿好，去哪儿玩你也安排陪着一下，反正你这毕业也没什么事。"我爸在电话里这么说。

我也没找到什么可以拒绝的理由。

大伯家比我小一岁的女儿和我共用我的卧室。她不喜欢房间太暗，于是我的窗帘就没再拉上过。

Ally动了我的窗帘我会不耐烦，河南妹子拉了一下，我会立马拉回来。

但对大伯的女儿，我好像只能笑一下。

说来她是无关紧要的人，但随随便便就撕开了我织好的茧。

我也不得不在6月的正午顶着烈日走在磁器口老街上，带着他们瞎逛。

像磁器口这样成片的老街，主城区里不多了。

但我很少去走。或许再好的东西，多了也只会让人麻木。

6月的磁器口很热，阳光蒸腾着江水，人来人往间附着一层带着温度的水汽。偶尔光影穿梭老旧的木楼间，瓦墙前留下尘土飞扬和人影憧憧。

因为码头的缘故，重庆的老街有种难以复制的味道。那是一种水土交融出来的潮湿，附在那些旧梁木门之上，变成一种老重庆才有的潮气。不经意闻到，总能想起小时候外婆家的老院子。让人安心。

大伯的女儿说："古镇都一样，没多大差别，这样的古镇我们云南好多。姐，你去过丽江吗？"

"没有。"我说。

"居然没有，你要去玩，比这大。"

"你以为都像你那么贪玩，你姐姐马上要开始上班赚钱了，不像你那么闲，书不认真念，还闲着花钱。"大伯接过话说着。

我干笑了两声当作应答。就像以前对着小卖部李老板那样的笑。跟他们在一起我脸上习惯挂着这样的笑。不笑的话，我就不知道用什么表情了。

其实那时候我已经去过丽江两次了。也是和S。在拉市海钓过鱼，在茶马古道上跑过马。我们住在丽江古城里的客栈，云南的茶香都沁进了木头里，和磁器口的潮气不一样，那古城也有自己的味道。

我并不觉得古镇都是一样的。

我只想快点结束对话，所以随口说了个谎。

笑已经很累了，回忆更累。

具体也不记得他们玩了几天，只记得走的前一天刚好是周末。不用上班的爸妈赶回来请他们吃饭。南山上的火锅一条街。边吃边俯瞰重庆的夜景。

夏天吃火锅，能吃出只属于重庆的酣畅淋漓。

饭桌上的人都爱笑，好像这是一种天生的表情。当有人看着你，当有人跟你说话，当有人让你喝酒，别管那人跟你什么关系，首先你要笑。

"小孩工作定了吗，哪儿高就？"大伯笑着问。

"不知道，问她。"我爸笑着回答。

大伯笑着看向我，我无所适从，只剩笑。

那顿饭我除了笑，没怎么说话，好像也不太需要我说话。我确实很认真地吃了那顿火锅，但后来大伯女儿一边吸着饮料一边问我觉得辣不辣的时候，我一点儿味道都不记得。

我只记得南山确实是观重庆夜景的好地方，味道也好闻，尤其

是夏天。喧嚣了一个白天的城市气息，和蒸发了一个白天的江水气息，会聚到一起，升空，再混杂着那些火锅食物和烟酒香水的味道，被山上茂密的树林一净化，再温润入肺，是一种调和不出来的香。

　　大伯他们一家走了，周末过完，我爸妈也走了。江边的小房子又空落落的了。

　　爸妈走之前又在冰箱里留下好多水果、蜂蜜、糕点、维生素，一堆乱七八糟的东西。

　　这次不想就这么放坏，所以我把Yoyo和Ally都叫了过来。兑了好多杯蜂蜜水，也洗了好多水果给她们。

　　直到吃得她们皱着眉头一直上厕所。

　　那会儿Yoyo在一个很大的房地产公司面试，那公司离她家很远，但离我家倒是很近。

　　所以她在我家住了几天。

她问我："你爸妈没问你后面的打算。"

我说："问了。"

她说："你怎么说的。"

我说："不知道。"

她说："那你真的怎么打算？"

我说："真不知道。"

我突然想起，高中那会儿Yoyo跟我说，说她以后就跟我组个舞队，租间老房子，开个工作室，一直跳下去，去参加KOD 7、8、9、10……

想到这些，然后有点难过。

我曾和多少人一起打算过未来的打算。和Yoyo，和大学舞队的朋友，和S。

那会儿和S的打算是，一个在法院，一个在设计院。这样很好，每次说出来大家都会这么觉得。大多数同学眼中，我们离开校园的生活早就有了归宿。

然后一年过去。就像过了几个世纪。

算来算去，人算不如天算。

那些日子很多人问我这样类似的问题，我也都认真地回答了。但大多听了都觉得我说假话，有的会给我一大把他们的建议，有的索性觉得我态度有问题。

他们大概觉得我不可能没打算，"不知道"是小孩子的专利，大人不会这么回答，大人应该深谋远虑，大人应该早做安排。但这个在其他人眼中可能大过天的事情，那时候的我真的一点不感兴趣。我的心思被别的东西占了很多去，剩一点我还要过当下的生活。我很疲惫了。没有多余的精力去想那些看不到的事情。所以"不知道"是用心回答的，也是真的。

只是问问题的人更喜欢听到他们喜欢的答案。可这样的话，又何必问呢。

Yoyo面试成功后就走了，大概几周之后她就要开始每天往返于重庆交通最拥堵的两座桥上。

Ally准备要和男友去旅行，她很兴奋，一直叫我陪她去买些路上要用的东西。

每个人都有自己的事要忙。

我妈在电话里说我瘦了，要多吃点，遇到什么事要说，那么忧郁容易生病。

我回答她，我知道了。

说完，心仿佛上楼梯的时候不小心踩空。

初夏，阵雨

天气开始变得越来越热，也开始变得难以预测。

重庆临近仲夏时总是阴晴不定，一声闷雷后常常就是收不住的瓢泼大雨。

我看了最近的天气预报后，调了一个很早的闹铃。我决定在一个晴朗的日子回一趟学校，去取回辅导员先帮我收着的学位证书和照片。

我是想很早就起床出门，在街道还凉爽清新的清晨，大部分人都还在睡觉的时候，就去办好这些事情，然后利落地离开那个学校。该道别的话搬离宿舍的时候就已经说完了，我想我应该表现得潇洒一点儿，而且那么早的话，我也不会遇见多少人，也就不会因为遇见那些熟悉而陌生的人或场景就动荡了我好不容易维持的平静。

然而当我睁着前一晚失眠的眼看到闹钟发出的微弱光芒时，我觉得多此一举了。闹铃甚至没来得及响就被我关掉了。觉得自己有点可笑，失眠的人，是不需要闹钟的。

我把自己尽量收拾得看上去精神点，出门前的落地镜里我哀伤地看着镜子里的那个女人。

那时她刚二十来岁，刻意的白色粉末盖满她的脸，掩盖着她因失眠而暗沉的眼袋，也修饰着没有光泽的皮肤。她有点太瘦了，缺少营养的头发枯得像是深秋的荒草。

她叹了口气。她常听人说二十岁是很富有的年龄。但她什么也没有，该来的还没来，该走的早就走了。

重庆的夏天只有清晨的风是清爽而干净的。

学校的确没有很多人。如我所想，很快我就办好了该办的事情。提着拿到的一大袋东西往回走。

然后，我就在离校门口十几米远的地方遇到了S的室友。没有多少人的好处是，我减少了碰见熟人的概率。坏处是，真碰见了，想借个路人挡挡假装没看见都不行。

大家有些尴尬地打了个招呼，寒暄了几句。他也问我那个套话，工作定了吗？打算做什么？

我突然说不出口挂在嘴边的"不知道"，正在想怎么回答他，他又说"S准备去设计院实习了"。

松了口气，这样我倒是不用想怎么回答他了。

我笑着说："啊，那很好啊。"

我尽量让语气很平静，以掩饰我心里长长叹出的那口气。叹的不是S的淡定且一如当初的决定，也不是这意料之外的相遇打乱了我欲盖弥彰的刻意回避。

叹的只是感情这东西真没什么特别了不起的能耐。

死不了人的，最多死心。

继续提着这一大口袋东西从校门口出来，阳光躲进云层里，空气中都是泥土潮湿的气味。

刚在想是要下雨了，天空一声闷雷响起，瞬时倾盆大雨就砸到我身上。

我和路上突然奔跑起来的人一样，很快冲到车站的广告牌下避雨。直到公交车来了，雨也没有小一点儿。我上了车，车厢还空荡荡的，我很容易就坐到了最后靠窗那个熟悉的老位子上。

　　雨点打在车上，再稀里哗啦流过车窗玻璃。我把头靠在玻璃上，看着雨水流到我头顶，再想象着它怎样从我头顶划过。

　　一些喜欢早起去市场和医院溜达的大爷大妈陆陆续续上了车，他们用地道的重庆话聊天，声音很大，但听着很舒服，就像小时候

我外婆摇着扇子给我讲故事时的语调。

人成各，今非昨，新声旧闻，喧嚣隔世。

我调小耳机的声音，里面是*how much*的旋律。

Every other nights we would

try it for old time's sake

Many many people hearts and they

Beats with the blood of the city

……

那是2013年重庆夏天的第一场阵雨。

那是初夏的结束，也是盛夏的开始。

那年我们毕业，那年我们分开。

挥霍了很多阳光灿烂的日子，做了很多自以为是的选择。

那年有了大人的样子，那年依旧是个孩子。

京城

绿皮车上的大爷

一夜北京

"你怎么来的？"

人群逆流而来

绿皮车上的大爷

重庆到北京的绿皮火车。漫长的一天一夜。刚上车，我就觉得一阵窒息的空气迎面而来。

硬卧车厢。连空气里也充满嘈杂的声音。

我是下铺，把行李厢往床下一塞。我戴上耳机靠在了窗边。

窗外的车子缓缓开始移动。

我闭上眼。

毕业后的第一场旅行。

7月的开始，我用一张车票告别重庆，又一次坐上开往北京的火车。

绿皮火车无限循环的轨道声让我平静，很快就睡着了，再次醒来的时候，车已驶入郊野了。

我喝了口水，眼神撞上了对面的大爷。他六七十岁，头发有些长，但往后梳得整整齐齐。7月的天也在衬衣外套着一件厚毛衣。

大爷在用余光观察我十分钟后，开始和我搭话："小妹儿，旅游吗？"

我点点头。

随即，大爷的话匣子开了，一边扭着茶杯盖一边可劲儿问我"哪里来？哪里去？一个人？去多久？……"一系列的问题，让我好像瞬间回到了曾经去申请签证时面对签证官时的场景。

聊了个把小时，和大爷也算熟了。

大爷是南京人，和老伴儿一起参加往北京去的旅行团，因订票时出了点失误，老伴儿和同旅游团的别的人都在另一节车厢。这列车人又多，一时半会儿换不了位。

我帮着大爷抱怨，说："现在的旅行社就是不靠谱，订个座位都乱七八糟。"

大爷从他的布口袋里摸出包橘子一边打开一边说："没什么关系，我们这把年纪出门一趟不容易，有位坐就成，何必非坐一起。我当兵那会儿，江苏到东北，没座，腰板挺直了，整整站两天。啥苦都吃过。现在还能出去多看一眼世界就不错啦。"

大爷说完，笑着递来个橘子。

桌上的手机一直响个不停，S的短信不断进来，重复的问题："在哪里？"

我心神不宁，翻开《温柔的夜》，却一个字儿没看进去。戴上耳机，一首硬核说唱前奏响起，我觉得吵，又马上关掉了。

我想去抽根烟。却晃到了大爷又开始注视我的眼睛。说不出为什么，我立马打消了去抽烟的想法。可能我想给大爷留个好印象。为什么要留个好印象，我也不太清楚。

大爷笑眯眯的又开始有一句没一句地跟我闲聊。

"小妹儿去过不少地方了吧？"

"有一些吧，国外少点。"

"都出过国啦，哎呀，厉害厉害，国外漂亮吗？你会说他们的语言吗？"

"漂亮。语言就凑合着说呗，听不懂就打手势了。"

说完我示范了一下，先学了个公鸡打鸣的声音，又晃了晃胳膊。

"这是什么意思？"大爷问。

我笑了，说："鸡翅。"

大爷一听，立刻爽朗大笑，说："哎，我们这些老头不中用了，世界还是你们的啊。"

绿皮车缓慢走着，到麻城的时候已是下午6点。

我坐得有些累了，想在站上走走，就问大爷要去吗。

大爷警惕地摇摇头，说："掌握不好时间该误车了，你去吧，我给你看着东西。你看你这满桌的东西。"

我看了一眼散落一桌的电子设备，笑着点点头。

麻城的站也不小。

出来就呼吸到了新鲜空气，让我觉得精神好了很多。

同车也有些人出来抽烟。

他们围在车厢门口的角落，有的认识有的不认识，烟雾缭绕，寒暄着一些无关痛痒的说辞，手里各自拿着各自的烟就像他们眼里各自藏着各自的心事。

麻城的夏天干干的，车站的灰尘和烟混在一起，被阳光一照都争着往天上去。如果是冬天，我就会走进那群人里，随便回答两个关于从哪儿来到哪儿去的问题，然后不再说话，藏在那些烟中吐自己的雾。但那是一个夏天，是一个我只想沉溺于安静和黑暗的夏天。超过三个人以上的人群，总让我觉得畏惧。

于是径直往前走了几步，去买了瓶水，想了想，又折回去，再买了一瓶。

回到车上后，我把一瓶水递给了大爷。

大爷当时正戴着老花镜仔细看着我带的那本书。一见递过来的水，立刻摆动双手，说："不要不要，我一个爷爷怎么让你小妹妹买东西，不合适不合适。"

"拿着吧大爷，我还吃您橘子呢。"

"这……"

"没有这，这礼尚往来，应该的。"

"那这多少钱，爷爷给你，就当你给爷爷跑了趟路，你一个小妹妹出门在外多不容易啊。"大爷勉强接过水，但依旧推辞。

有种莫名的感动堵在胸口："那您橘子多少钱啊，我也给您啊。"

大爷笑了，脸上竟有些害羞，跟欠了我多大一人情似的。

大爷扭开盖，尝了口说："我孙子也爱喝这些个甜甜酸酸的水。"

6点的时候，列车开始广播今日餐车供应食物。

这个时间点车里又要掀一浪人潮。

短短几分钟内，整个车厢内的空气都充斥各种油腻腻的香味。

卖盒饭的乘务员推着餐车来来回回，弥漫的饭香，颜色鲜艳的蔬菜。无限挑动味蕾，尤其在漫长的旅程里，它更显得极具诱惑力。

大爷在餐车走到我们面前时，瞄了一眼车里的食物，然后问："同志，多少钱一盒？"

乘务员眼皮没抬的给另一位乘客舀着饭说："二十。"

大爷没接话，再看了一眼餐车，然后又从布口袋里摸出几个苹果。开始削。

一系列的动作和大爷略带几分落寞的眼神，让我想起了我外婆。

为了缓解一下略带尴尬的气氛，我乐着说："大爷，您这口袋是哆啦A梦的吗，啥都有。"

大爷当然听不懂哆啦A梦为何物，但大爷听懂了后面一句，他开怀大笑，笑完又使劲塞了个大苹果给我："来，吃吃，爷爷这包里啥都有，多着呢。"

我认真地吃着大爷给削的苹果。
我不爱吃苹果，真的，但那时候我觉得我应该吃。

我有一句没一句地跟大爷聊着天，听他说他那个年代的物价和人与人之间的关系，也时不时跟他聊一些我第一次去北京时的印象。

大爷说，他年轻那会儿坐火车，两角钱一份的面条，只有点盐，油都没有一点。但那时候饿啊，吃得香，瞌睡也好，吃完就睡了，他那时候就喜欢坐火车。

说完他看着窗外陷入沉思。
我也没再说话，也像他一样看向窗外。

思绪翻到回忆中的某个画面，然后停在了那里。

后来，没等到天黑，列车员找到大爷，说已经和另一节车厢某个乘客协商好了，可以把座位换过去。
大爷走时，我正在洗手间。
回来的时候，大爷的铺位上坐了个陌生妇女。我凌乱的桌子上又多了个大大的雪梨。
雪梨下压了张字条，字迹工整地写着："小妹儿，爷爷还有梨。有缘再见。"

我突然觉得很失落，在位子上坐了下来。看着对面床位被子上那个深深的坑，那是被大爷的那个很大的哆啦A梦布口袋压出来的。

老人们总是这样，出门恨不得把整个家都带在身上，怕你冷了没有衣服穿，怕你饿了没有东西吃，他们其实并不是那么讨厌外面世界里新的东西，他们，只是舍不得那些旧的。

车轮依旧继续转动，窗外的原野上出现夕阳的余晖。

我想起第一次一个人去北京的时候。那会儿是一个我爸妈都没有时间照顾我的暑假，他们把我交到一个北京亲戚那里去。亲戚刚从美国回来，他们觉得去她那里对我的英语是很有好处的。

于是我就一个人坐上了这样的绿皮火车，那时候这样的火车开的时间还长一些，车轮转轴的声音，一听就是三天三夜。

那年头特别流行送小孩去参加那种有好大学的地方的夏令营，条件好的就去哈佛剑桥，普通一点的就是清华北大，所以印象中我那列车几乎都被夏令营的团队给承包了，最小的五六岁，大的不过高一高二。

那会儿我是喜欢热闹的，一会儿就和整个车厢的人都熟了。我们一起玩开火车，把整个车厢都走了个遍，惹得那些想睡觉的大人一直啧有烦言。也大半夜睡不着起来打牌，输了的人贴纸条，结果贴了一脸的胶水洗不掉，整个夏天脸上都过敏，干干的，起壳。

我还和一个比我大一岁的男生跑去车尾看完整的落日，和他在麻城靠站的最后两秒下车，又在最后一秒上车。我记得那个男生说他以后想当歌手，睡不着的时候，他在黑灯瞎火的车厢角落小声地唱歌给我听。

想到这儿，一阵极度失落的感觉席卷了我，看着窗外，控制不住的情绪让眼前的世界有一点模糊。

火车的车轮在放慢，从一片挂着红霞的平原进入一个车站。

一些人上车，又一些人下车。

这么多年后，同样的绿皮车，同样的目的地，回头一看，依旧孑然一身。

一夜北京

凌晨一点，火车到了北京西站。出了车厢，一阵风就吹乱了头发。

7月北京的夜晚，风很大。被出站的人流包围着，就像一片漂在海面上的树叶，顺着人浪就一起流向站外。

门口黑压压地挤了一群人，有的举着牌，有的一脸微笑地冲着我们这边人群里的某某招着手，有的用焦急的眼神在人群中搜寻张望。很快我周围的人浪就被分流了。有的冲着牌子去了，有的冲着扬在空中的手去了，有的三五成群改变了方向，去了另外的出口。

周围的人越来越少，我突然有点不知所措，和我的行李箱一起停在了北京西站偌大的出站口。

是浪总要靠岸，但那么多的岸，没一个属于我。

一个黑车司机，远远朝我走来，问我"美女，要不要车，明码实价"。

风从四面八方灌进来，我拉了拉外套。突然觉得自己的不知所措有点可笑，重新戴上耳机，冲黑车司机摇摇头，继续顺着指示标朝着站外走去。

我换了一个看上去更加从容不迫的步伐走出站门口，从那些温暖的人群的缝隙中路过。没有任何的表情，就只是一个赶路的人。

可以是归人，也可以是过客。

一个不能靠岸的浪，可能连感觉孤独的时间都没有，它只能一直走。

北京的地铁开到很晚，不过凌晨的时间也是停了。只好打车，从西三环到东五环外。穿越了半个北京城。

手机早在火车上就没电了。我把后座的车窗摇了一半，靠着窗栏看着窗外的一切。

陌生的城市、陌生的霓虹、陌生的空气、陌生的风，但却让我觉得少有的轻松。多少夜的失眠，这一刻安静地被睡意席卷。

醒来的时候，司机大哥已经停在了我给他的地址——一个位于通州的小区。

司机大哥轻声叫着我，说，到了。

我恍惚中看了一眼计价器上的价钱，然后在钱包里翻找。

司机大哥把里程表一压，说："妹子，少收二十，刚我也瞌睡迷糊了一下，开绕了。"

我一愣，说："大哥你真诚实。"

"有一说一嘛，你这是回家？"

我顿了两秒，然后"嗯"了一声。

大哥于是自顾自地下了车，帮我从后备厢提出行李，放到了小区门口，说："这么晚，咋不叫个人来接？"

"我这东西也不多，家人比较忙"。

"那也不安全啊。"大哥说着，又比对了一下我给他的地址和小区的名字，然后说，"得，好好休息，看你在车上睡得那叫香，整得我也瞌睡。"出租车司机边说着边笑着回到了车上。

我笑着点头，和我的行李一起站在了路边。

车利落地开走了。

抬手看了一下时间，凌晨3点。

该说早还是晚。没电的手机和这保安不知去向的小区门口一样死寂，最后一句类似关心的问候来自刚刚离开的出租车司机。

陌生的黑暗里，只有风吹得小区里的树不停折腰，树叶哗啦啦地响。让我想到了学校里的树，那些从黑夜站到黎明，永远陪我的树。也想到了S，那个曾经以为同样会永远亮一盏灯陪我失眠的人。

我在北京住在诺的房子里。

诺是我跳hiphop时认识的一个朋友。广州人，在北京修现代舞专业。

毕业后就留在了北京。一待，五年。

接商演，做任课老师，也去当临时教练。工作谈不上稳定，但诺很乐于奔波。这几个月，诺接了重庆的一个活儿，去代三个月的课。北京的房子空了出来，知道我要来北京进修后，她就很干脆地把钥匙给了我。

这房子是诺租的，两室一厅，在地价相对便宜的通州。新装修，很干净，诺在客厅也装上整面墙的镜子，方便她练舞。她跟我说房东已经移民，自然是不介意她怎样摆弄房子。只要在不再续租时，大概恢复个原状就可以了。

我在房间里转了两圈。

和所有同龄的单身一样，房间有免不了的乱，没有值得去隐私的隐私，所以放任自流。

茶几上还有两个空掉的啤酒罐，和一包只剩两支的ESSE。

我扔了空啤酒罐，在沙发上坐下来，那包ESSE已经潮了，我摸出我口袋里的绿色烟袋，然后随手把袋子放了ESSE旁边。

一个蓝色的烟袋和一个绿色的烟袋，放在一起，竟成了这屋子里最艳丽的角落。

这毫无生气的房子比我家那个"样板房"更无聊，没有电脑没有电视，Wi-Fi也停了。

我洗了个澡，躺上床，又开始翻来覆去睡不着。那在出租车上被燃起的睡意被十分钟的温水冲没了。一点没有痕迹。

对那时候的我来说，这世上唯一能打败失眠的东西，就是坐车。火车也好，汽车也罢，那会儿大概只剩未知的际遇和安静的颠沛还能慰藉我深夜的彷徨。

我喜欢漂泊的原因，仅仅是想睡个好觉，出于本能。

睡不着也没办法，只能又坐起来，看路灯把树的倒影写进房间的墙上。

与墙对坐，双眼无神。想了想，又下了床，走到客厅窗边，想吹吹北京深夜的风。

托失眠的福，我学会了很多消遣深夜的方式。

有时候抽烟，睡不着就起来安静地燃一支烟，同寝室的人半夜醒来，见黑灯瞎火中点点红光，吓得翻身下床睡意全无。

有时候也不抽烟。

睡不着就起身安静坐着，借着月光数树叶的影子或是透过玻璃数外面依旧亮着的窗户。

同寝室的人半夜醒来，见青白月光下披头散发的人影，吓得身都没翻直接又晕睡过去。

其实还想问，要不要一起数来着。

没体会过不了解，失眠的人，是这世界上最寂寞的人。

小时候爱开着灯，因为怕自己还醒着却没人知道，一个人在黑暗里。

后来又不爱开灯了，因为怕别人知道了自己还醒着，一个人在黑暗里。

床上的枕头越来越多，五叶、决明子、薰衣草。

但遗憾的是，彻夜纠缠，依旧没有一个能成就我的睡眠。

时间从我身边带走很多东西，唯独失眠，任岁月的晚风如何撩拨，它终是认定和我厮守。

"你怎么来的？"

7月，北京通透的天空打下刺眼的阳光。我从闷热的排练室出来，被一阵风席卷，打湿的T恤贴上皮肤，传来透心的凉意。门口两三个休息的舞者。大家微笑着打了招呼。如果小C这个时候从后面拍我肩膀，我们就会一起去转角的便利店买一瓶水，然后站在锈迹斑斑的铁架楼梯那儿边喝边聊天。

小C是我第一天去上舞蹈课时站我旁边的一个女生，也是我在北京的几个月里经常待在一起的人。她是福州人，有那一带少有的大长腿。她很为此骄傲。

她和我一样，也是专程来北京参加舞蹈培训，报了三个月，在三环边租了个合租房。

在北京深夜痛哭的那晚，她打出租车穿了半个北京城来找我。

那是一个很晚的夜里，乘最后一班公交回到家的时候已经12点。

我浑浑噩噩进了小区上了楼，一摸包里，才发现钥匙没带。

备用钥匙远在重庆的诺身上，钱包和身份证在家里，身上只剩十几块钱，去酒店不行，网吧也进不去。一个人也不敢在如此夜深去登记一个连身份证都不用的钟点房。

一时间，很多情绪瞬间涌上来，一屁股坐在门口的台阶上，傻了。

眼睛被情绪激起血液挤压着，不用照镜子我也能猜到它此刻大概红得不成样子。

小区门卫几次来回巡视，路过我，看两眼，又欲言又止地离开。

我几度翻开手机，想打电话，却不知该打给谁。S的号码在通话记录的第一格，一时间精神错乱，竟按了呼叫。反应过来后又立刻挂掉。

一个简单的条件反射，让我的眼睛更加酸痛。

终于是一个最黑暗和孤独的角落。终于再找不到合适的身份在这样的时候打给S。终于只剩自己坐在这离家千里外清冷的台阶上。

小C就在这时候打电话来了。

那会儿接近12点，地铁已经收了。她住在三环西北，而通州在东南。

一小时后，她出现在了我面前。

我问她怎么来的，她说："打车啊。"

看着她，我酸痛到快睁不开的眼睛一下就轻松了，眼泪顺着没有表情的脸一直淌。

小C一边慌忙地在包里摸着纸巾，一边诧异地说着："我去，怎么啦怎么啦，你不是吧，哭了啊，多大点事，不哭不哭啊。"

"不就锁个门吗？"小C说着，拉起我，到小区门口找到门卫，要了附近24小时的开锁公司电话。门卫帮我们找了一家靠谱的公司还打了电话。他对小C说，之前就看我坐那儿，大概就猜到有可能是被锁在外面了，但看我情绪低落也不好主动来问。

"这小区住了不少学生和年轻情侣，经常小两口吵架的也出来就那么坐着，一个样。"门卫用一口北京腔跟小C说着。

小C笑着说我："看你哭成那样，真跟没人要了似的。"

我抹了一把脸上的泪。眼睛倒是不痛了，但眼泪依旧大颗大颗地落，停不下来。

我想我那时候肯定妆花得一塌糊涂，肯定特别傻。

那晚，我和小C在711前面那个烧烤摊上聊到了凌晨4点。回到我住的地方后，没洗澡，没换睡衣，连妆都没卸，就那么往床上一倒，一整天过去了。

醒来的时候，都是半夜了，小C已经走了。我起来在空荡荡的房间转了一圈，又走到窗边看了眼通州黑黑的夜，就又倒回床上睡着了。

那时候可能是真的病了，总是在长时间的失眠后，又伴随昏天黑地的嗜睡。

小C说这是困在房间太久的缘故，需要呼吸多一些的新鲜空气。

　　我们就逃课去逛了后海。

　　阳光灿烂的后海，水面扭动着岸边杨柳的影子。游客很多，大都在岸边和草坪上，阳光照在他们的笑脸反射出来的光和湖面的反光一样耀眼。

　　但我不想靠近那些阳光灿烂的地方，也依旧不喜欢人群。

和小C租了辆车绕着后海骑。走在路上，人就少些了。一些蹬三轮的师傅路过，用一口京腔问我们从哪儿来。有些人在柳树下拍照，声音很大地讨论着角度。

　　小C也喜欢拍照，准确说是被拍照。她拍照的时候只有一个不断被重复强调的要求，就是把她的腿拍好看。

　　"拍腿拍腿，把我腿拍长点。""这不行，再来张，要拍腿，脸不重要。""这个勉强吧，你找点光啊有光更白啊。""从下面的角度拍吧，这样腿更长。"

那会儿我们顺手拉了个蹬三轮的北京大爷帮我们拍张合照，然而蹬三轮车的大爷在小C一连串的"拍腿拍腿"后，红着脸差点晕倒。

8月快来的时候，北京涨了一次水。

那天晴朗的天空突然在午后就起了一阵昏天黑地的大雾，傍晚从远处赶来的风吹散了雾，一场掀天揭地的大雨风尘仆仆而来，霎时，银河倒泄，窗外像是瀑布。

那会儿我们都在排练室里上课，这么大的雨，所有人都停下了。像是小时候来了新老师，一群人都挤在门口往天上看。

教室在整栋CBD的底层，几栋楼相连围成的一个圈，中间是很大的露天花园。雨水就从头顶那片不大的天空出发，顺着那些高建筑倾泻而下。

周围都有些沸腾，一些路人躲进了教室前的屋檐，和我一样住在通州方向的几个朋友拉着我讨论今晚怎么回去。我欣赏着眼前的兵荒马乱，一句没听。

仿佛遇到一种阔别已久的悸动，就像小时候冲进大雨里的痛快。

小C在我旁边站着。大风夹着雨把我们的头发都吹乱了。

"估计是要涨水了。"她在风里说。

借她吉言，那些天真的就涨了很大的水，没完没了的大雨，水涨到北京公交车都停运了几班，地铁也瘫了。门口小路上停着的私家车都泡在水里。

公交车上的电视新闻里说大水淹了不少地下停车场，呼吁市民注意安全。车窗外轮子被水淹了一半，开过的路在身后被掀起波澜。

培训课停了两天。

同住通州的朋友们约了一顿饭，我也叫上了小C。

本来以为更加拥挤的北京地铁会成为她赴约的阻碍，但小C又一次超出我预料地出现了。

"你怎么来的？"我问。

"坐车啊。"她说。

"福州不仅涨水还有台风。这点雨算什么。"

雨依旧没完没了地下，那晚吃了饭一群人蹚着水回去，说好去一个朋友家通宵打牌，结果光是走水路就走到凌晨两点。我不喜欢穿湿鞋，所以一开始大家决定压马路回去的时候，我就把鞋脱了。小C看我脱，她也脱了。于是一群打赤脚的人，裤脚挽得高高的，手上提着鞋子蹚进水里。在水里跑，在水里笑，也有小心翼翼的女孩子一步一步地缓慢挪动。那是我那段时间唯一一次整晚和这么多人在一起，而且脚还泡在通州的马路牙子上脏兮兮的雨水里。

第二天我就感冒了。

发着烧窝在家里休息的时候接到我妈电话。说是看新闻说北京涨水很大，让我注意安全。我爸在电话那头很大声地喊："赶紧回来，该干吗干吗，一直待在外面做什么。"

听到我爸的这句怒吼时，我正披着一条毯子用水壶接水来烧。我想泡一碗方便面，大水停了外卖，没什么可吃。若不怎么在家开火，厨房非常不方便，灶台老是打不燃火，只能用打火机点。这小区的瓦斯又比较小，需要聚一阵才能燃起来，所以点燃的刹那往往会烫到手。不知道是饿的还是被火烫到，还有可能是感冒引起，一阵头晕的感觉就涌了上来，一句话都说不上来。

我妈在电话那头以为我不想说话，责备了我几句就挂了。

我倒在沙发上，没再打过去。

温柔的动机，不温柔的结局。

那时候小孩忙着成长，大人们忙着安定，每个人都想倾诉，却没人真正想听。

手机收到一些朋友的信息，让我注意安全。包括S。

他依旧忽略我的漠视，用温柔的关心来提醒我他的存在。而我也养成了在漠视他的关心后，窥探他朋友圈的习惯。

我们就这样像两个自虐倾向严重的人，用对方的刀在自己身体上开口。

人说失恋有几个阶段，最要命的莫过于和对方比，谁过得更好。

S显然早已和我开战，我也早已缴械投降。

我看着他朋友圈里的繁华热闹，平心而论，他的新女友长得还不错。我至少有一两秒平静的瞬间是这样想的。

但更多的时候，我都用力攥着拳头，把指甲嵌进皮肤里，一个人在这空荡的房间里听着炉子上的水壶发出水沸腾的声音。

指甲因为太用力的缘故会让皮肤觉得很疼，但那沸水的声音倒是很好听。

水和火隔着金属耗尽彼此，决绝而无望。

念旧和逃避，两种情绪不依不饶，共生和毁灭间它们要有一个抉择。

8月快结束的时候，小C提前离开了。

"得回去该干吗干吗了。"小C说。

"那是干吗？"

"幼儿园老师。"

我皱了皱眉。

"放心，也会跳舞，和朋友开个舞蹈工作室，直到跳不动了。"小C说着，又补一句，"跳舞的人不都这样？"

我点点头。很想哭，但又没有。可能我也认同她说的回去做幼儿园老师是"该干吗干吗"。

只因为她是学的幼教专业。多么浅显的道理，让人无从反驳。

小C走的前一天我们依旧一起从排练室出来。天很黑，那晚路灯不太亮。

赶在附近一家饮料店收摊前去买了两个超大杯的西柚气泡水。咬着吸管慢慢地往车站走。

小C能陪我走的路，其实只有很短很短的一段。穿过一条马路，我们就得分路。我在路边公交站等车，而她要绕个弯去坐地铁。但每次我们走到那儿就会停上半天，把手臂吊在车站的护栏上，有一句没一句地闲扯，就着夏日街头的风，喝着没喝完过的气泡水。

这样的情景总让我想到小学六年级刚开始上晚自习的时候。

那时候下课，总是一路狂奔从小学部跑出来。经过中学部，先去看两眼操场上玩篮球的帅哥。接着又跑。

我不算跑得快的，发小中有个女孩子是体育生，留着男生头，每天风风火火的。感觉她每天的目标就是让自己的短发迎风招展最后定型成一团鸡窝。

我们一直跑，直到出了校门，几个人再停下来手拖手慢慢走。一个不好笑的笑话也能笑很久。我们能一起走的路也不长。但为了那些不好笑的笑话，我们总是绕着路走。

有时候绕远了，我常常看着昏暗的路灯想，如果明天不用上课就好了，那我就跟他们一直这样走下去。

但后来才知道，当明天真的不用上课的时候，也就没有下课陪你一起走的人了。

我跟小C间没有几句道别。最后一次在车站前我们没有说太多告别的话，尽管这一别，能不能再见也不一定。

"来重庆，包吃包住。"我说。
"好啊，但要是真来了，你别又问我怎么来的。"她说。

我们就这样在那个7月的北京街头告别了。

我记得她走的时候，还背对着我挥了挥手。夜幕下，她的背影高挑，昏暗的夜间光线敷在她的皮肤上，显得格外明亮。一如当初看到她时的印象。

但和当初看见时不一样的是，我很想哭。

明知要分开的短暂相遇，我们本该只是泛泛之交。

我不该深夜流泪，你不该风雨无阻。

人群逆流而来

从前我一直在想，我应该独自来北京生活一段时间。

可能不一定非得是毕业之后，但人生总得有那么一段时间在这个城市活着。要么为梦想，要么为生存。

但当这样的生活说来就来，我却没任何准备。

最不愿意面对的就是上下班高峰期的地铁。那儿像一个战场。

夹在流往地铁站的人群中，挤在快到站的地铁门口，狭小的空间，呼吸局促，一丝微凉的空气即使含氧量极少也都弥足珍贵。地铁门口总站着一个身强力壮的大哥，在地铁来时，不断将排队拥入的人往里面推压直到门可以关上为止。

深不见底的幽暗隧道里传来列车与空气摩擦的声音，想是来自远古的深渊，声音越来越近，战场就开始沸腾。

大妈把身上几个包往前送了送，戴眼镜的男人艰难地伸出手重新扶了下镜框。列车门一开，人们开始往车里去。

有的挤掉了包，有的挤掉了手机，有的还挤掉了孩子。

优胜的上了车，劣汰的被迫等下一班。门口身强力壮的大哥收拾着最后的战场。把贴在门口的人努力往里推，好让列车门没有阻碍地关上。剩下的队伍继续在战场上等，不断有新来的人群从站口继续往里拥，列车来之前，才刚松散的队伍又堆挤得满满的。

凌乱又嘈杂，像极了末日的开始。

我就这样站过一轮又一轮的"战役"，直到门口的大哥用一口京腔提醒我："你靠前一点吧，站多久了，迟到不扣钱啊。"

大哥的语气有点嗔怒又有点责备。好像是恨铁不成钢。

我不由得就往前挤了挤。

尽管，我并不想成为一块钢。

有时候只用去晚上的课。6点出国贸站，地铁口密密麻麻地拥来人群，逆流而上，空气稀薄，身体因不适而发热。出了地铁口狠狠吸一口气，症状才会好一些。

走不上几里路，转角看见建外SOHO写字楼内喷涌而出的人流。有种不想往前迈步的冲动，但身后的人群把我往前推，就这样混入川流不息的人群里。

人群接踵穿过我身旁，他们扬起的风穿过我的身体。

建外SOHO里大多是世界500强。楼上那些窗口的光通宵达旦地亮着。

我爸之前常常用来激励我的"朋友女儿"好像就在某500强，做什么已经不记得了。好像关于大人们眼中的好工作大多只有个有些气势的前缀，比如省市级政府，比如500强，后缀若是来一串不错的数字作为报酬点缀一下，这就是最好的工作了。至于具体做什么，做得开不开心，这些都不是大人们衡量一份好工作的标准。

"谁不是那样过来的呢？"他们会说。

那时候站在人群里看着这些高高的楼，就像在地铁门口看着拥挤的人群，有种无形的力量在后面推着走，也许从没真正想清楚过要迈步的理由。

我曾经问过诺为什么要留在北京。她想了很久，最后抽了口烟，摇摇头，"说不清楚"。

一些人依旧每天堵在同一条马路上按着喇叭的时候，另一些人正依旧在拥挤的地铁探讨着三环内的房价。

没有羽化成蝴蝶和鸟，这里只有蝼蚁。

故宫棱角分明的屋檐和红柱白瓦的墙，晴空万里也柔和不了人世沧桑的厚重，如果是下着雨，一切就更严肃了。

严肃得让人无处安放那些情绪，拥挤的人群里不行，空旷的午门前也不行，在这样的严肃宏伟前，一个人渺小到尘埃里，芸芸众生都不过是一片尘埃，没有灵魂没有根。

北京如此大，大得无处安放渺小的自己和那些更微不足道的情绪。

这样的城市里待久了，就忘了自己是谁了。

那些日子里唯一能让我有些存在感的东西，是开往国贸站的第一趟地铁和返回通州的最后一班公交。

太早和太晚的缘故，周围都是空位。靠窗的角落能容下我和我的包，还有我那些磨人的微不足道的情绪。只有那时候空气是安静和悠闲的。可以静静把头靠在窗玻璃上，眼神也可以随便放在感兴趣的任何角落，不会总担心自己的眼神会和那些在拥挤得视线都没处放时突然出现的凝视撞个满怀。耳边没有聒噪的谈论，一切都让人松口气。这时候车窗外暖黄的街景就是北京最美的景色。

离开北京的前一夜，我依旧上完晚课，在差不多的时间里站在了车站前。

朋友说一起吃饭就当送行。但我没去，第二天的机票几乎是凌晨，我没有多少时间逗留。

告别他们之后，我还是去附近那家茶点买了超大杯果茶，等饮料的空闲里，我仔细看了看这家没有座位的小店，干干净净的地板和桌面，做饮料的两个男生戴着口罩，菜单上琳琅满目的饮料，但遗憾的是我到走都只喝过其中一种。

明天之后，这里会有新的人来集训，不知道他们会不会也常来这里买一杯果茶。

最后一次这个点站在这个车站。那晚有风，但不冷。

没有明月星辰的城市，华灯早早就亮着了，厚重的天空被晕染得像是花了的妆。街道上来来往往着穿得依旧单薄的人们，有的行色匆匆，有的走走停停。

微风吹着路旁的树干，又顺着树干爬到树颠，叶子颤了颤，留也不是，落也不是。

进站的车都放慢了速度，亮起了车里泛白的光，里面都没有几个乘客了，光穿过车窗落在了我的手上，皮肤透过凉风感到一丝不易察觉的暖意。那是依旧只穿得住短袖的天气，北京的夏天还舍不得走。

身后突然有个人轻轻拍了我。

转身看见一个穿着黑色polo衫的男生，他似乎跑了很久，弯着腰喘了几口粗气才把头抬起来。借着那些车窗里投来的光，他的眼睛像阳光下初收的稻田，在浓密的眉毛下若隐若现着水波，看我的时候，澄澈的阳光就从水波中反出来，把幽暗的我刹那吞噬。那一眼就唤起了如鲠在喉的名字。S。

但他不是，我知道。

他只是隔壁教室的男生，虽没一起上过课，但偶尔能在下课时看到他和几个男生在角落聊天。

他从课程卡上知道了我名字，但几次想跟我打招呼都没叫出来，他一路追过来，因为这也是他在北京的最后一晚了。

等最后一班公交的短暂时间里，这是我从他口中知道的所有信息。

"再见。"

我对他说，这是我们"间"的第二句话，也是最后一句。

后来我只记得他的名字，但好像也已经够了，那是一个非常好听的名字，我至今也这么认为。

最后一班回通州的车，空荡荡的车厢我依旧优先选择最后面靠窗的位置。我坐下来，把车窗开了一条缝。

名字好听的男生还站在我们原来站的位置。我隔着车窗后面脏脏的玻璃，看见他越来越远。在他转身前，被玻璃上的污垢雾化的北京夜色，朦胧得只剩彩色的光斑，那些雄伟高耸的写字楼，那些深邃微黄的街道，都和深黑的夜色缠绵，它们互相交织，它们咬进彼此，最后迸发出一片夺目的背景。

　　"你的心里，有个影子。"
　　耳机里传来王菲熟悉的声音。

　　风从车窗缝里挤进来，吹到脸上吹到头发上，让人觉得舒服又凉快。像小时候犯错时外婆用鸡毛掸子假意的恐吓，柔软的羽毛只是轻抚过皮肤，顺滑而温柔。唯一的难过是，轻抚之后留下微微的痒，却无从挠起。
　　北京8月的这一晚，有一点不舍，但却不知该怀念什么。我确实来这个城市生活了，却既不想留下又舍不得走。
　　回忆就像晚风，温柔撩过，难平的不是惊涛骇浪，而是那些浮光掠影。空有微微涟漪，伸手难寻踪迹。

浙江

既有期待，谈何忘记

括苍山的日出

雨落江南，孤烟北去

既有期待，谈何忘记

去杭州的时候经过了宁波，本来没打算多做停留。但JJ给我打了电话，说她在杭州的实习结束了，可以陪我玩一段时间。

于是，我在宁波留了两天，等她来找我。

JJ是高中校友。总是留着一头短发，皮肤特别白。

我和她同级不同班，高中的时候她总爱来看我们组织的演出，后来我们练习她也来看，还每次都给我买些饮料。我这人既喜欢占小便宜，也喜欢喝饮料。就这样我们熟悉了。

高中时候，她成绩很好。我曾经一直以为她是那种学习一丝不苟的好同学，就像她每天也总把她的短发梳理得一丝不苟一样。造型也总是很复古，戴很笨重的黑框眼镜，甚至连偶像都喜欢古人。

但后来我怀疑，她只是没怎么看过现代人。

因为有一次，她在我买的杂志上看见了韩庚。

我第一次听到她说脏话："靠，这么帅。"

那时候我很诧异，韩庚那张照片明明就很普通。

但当她在我面前说了脏话时，我还是很自责，总觉得，我带坏了一个特别好的同学。

我在宁波两天，百无聊赖，这城市很整洁，但我的心很乱。

白天的时候，我没有目的地坐在双层公交车上，直到车上一个人都没有了，我才下车。接着，又跟着反方向的车，坐回原点。

晚上的时候，我拿着酒瓶去外滩吹风，喝完了，又顺手买一瓶，带回酒店继续喝。

每隔几分钟，我总要看一次手机。直到S的短信和电话如约而至。

来宁波之前，我和S见了一面。

在机场，他拿着一瓶要送我的香奈儿。

我不要。

"买也买了，你不要，难道我自己用吗？"他说。

"给你现在的女朋友。"我说。

"她……不用这个牌子。"他说。

我从他手上拿过来，顺手丢进了垃圾桶。

那会儿我觉得我简直卑微得连脚底的一粒尘土都不如。

而他也是。

JJ是在第二天的早上，直接出现在酒店门口的。

在我还是半醒的蒙眬状态时。

还来不及说句"好久不见""丫挺想你"诸如此类的煽情话，这风急火燎的女人就冲进门开始把我床上的衣服往行李箱里扔。

"你赶紧的，刷牙洗脸出门。"

"额……去哪儿……"

"台州。"

"干吗去？"

"玩。"

我愣愣地刷着牙，这赶天赶地的，也是玩的节奏？

JJ的大学是在台州。

在未名湖的梦碎了后，JJ在那年9月踩在了台州的土地上。来之前她很不喜欢这个地方，虽然江南地区骨子里的柔情很贴合JJ的文青气质，而且学校里也有一个湖，但那时候的JJ曾经沧海难为水，除了未名湖别的在她眼中都是死水一潭。

但时间是灭火器，也是催情剂。

几年后，她在毕业前跟我说，台州有最美的日出，她舍不得离开。

宁波到台州，动车两个半小时。

票是JJ一早订好的。有计划的特性，是和她的文艺女青年特性极为矛盾的共存体。被她风急火燎地拉出酒店，拉到车站。JJ上车后才舒了口气，时间掐得刚刚好。

动车驶出站。
划过江浙一带满满绿色的稻田。

"我前些天看了部电影，不由得想到你和S，你们认识有多久了？五年？十年？"
"饶了我吧，我不想聊这个。"
前一晚在宁波的宿醉，此刻在大脑发酵。我有些烦躁，别提了，这些事，最好都他妈别提了。

JJ沉默半晌，说："既然决定了，是应该干脆一点。"

"说得容易。"
我说着。靠着椅背，闭上眼。
我心虚，我知道。
我并没有自己展示给别人的那么干脆利落，我知道。

JJ悠然的声音像是从远方而来。"很难，是因为你还在期待。"

既有期待，谈何忘记。

括苍山的日出

　　JJ和她的大学同学决定带我去见识一下括苍山的时候，我们已经在摘草莓的温室里挥汗如雨一下午了。

　　温室里的空气像是湿蒸SPA，我只觉得我快虚脱了。他们建议我吃点草莓恢复体力，于是我坐在田坎边，看着江南不透气的天空，吃了一篮子自己摘的草莓。

　　结果，更想吐了。

　　去括苍山露营这个提议是JJ那群同学里的一个男同学提出来的，那男同学十分活跃，下午一直在几个培育草莓的大棚间跳来跳去，整个摘草莓基地都是他喊来喊去的欢脱声音。

　　精力旺盛，让我望尘莫及。

　　而最先响应他这提议的人，是带我们来草莓基地的司机大哥。我们是包车来的，这司机大哥就是车主，一副人到中年该有的样子，该有的少言少语，该有的发福油腻。我们摘草莓的时候，他就脱了鞋把脚放在方向盘上睡觉。我们摘完草莓回来，他就一边吃着草莓一边参与我们的谈话。

"我在这儿十几年都没去括苍山上看过日出，我也跟你们这些大学生去看看，这趟就打五折。"他说。

我看他吃了草莓春光满面的样子，我琢磨着我之前吃的是不是都是假的。

于是天气预报也没看，男同学们租来帐篷时，已接近晚上8点。我们就这样说走就走地上山了。

括苍山是江浙沿海的第一高峰。和四川的牛背山一样，露营胜地。

盘山公路一圈一圈地绕。我把我疲惫的头整个压在窗玻璃上。外面的黑夜很凉爽，不用开窗只是靠着玻璃就能感受到。

其实对比西部海拔，括苍山不到两千米的高度连贡嘎雪山的垭口都够不着。

但一车的同学都很兴奋，对高高的山顶充满了期待，尽管他们有的都去了好几次了。

10点左右，我们快到山顶。

天气是朗朗乾坤。已有些许高大的风力发电机立于路旁或荒芜处。零星几个帐篷点缀其中。

那么多高大的风车立在夜空中，星空一览无遗，是从没见过的开阔之境。

同学们让司机停车。要在这儿逗留一会儿。

我躺在那片干净的草上看着星空。

突然觉得自己像一个掉进天堂的孩子。俗世三千烦恼丝，不过这浩瀚星空下一阵清风拂过。

JJ递给我一瓶水，说："看见这样的星空会想到谁的名字？"

我喝了一口水，说了S。

JJ丢来三个字"没出息"。

"你呢？"我问。

"韩庚。"JJ说。

"跟你多有出息似的。"

沿海的气候变幻莫测。

继续往山顶上走的时候，外面刮起了大风，很快就起了雾。

11点多，我们到了山顶。但雾已经浓得化不开了。男同学们凭着常年上山露营的经验，让司机大哥把车停在了山顶土坡前。

下车。

十几个人开始忙活把扎寨的东西都从车上搬了下来。

刚一开门，裹满了水蒸气的风，四面八方袭来，强劲而有力，像巨大的纳米保湿喷雾。我深呼吸一口，湿润的氧气包围我再入侵我，透心地寒冷。

JJ拿了两条毯子，一条递给另一位女同学，一条递给我。

她有些担心地对我说："这雾来势汹汹，这日出有点悬了。"

风和雾都越来越大。

男同学们原先选好的扎营地点，完全撑不起来。

我们一共四个帐篷，两个超大的，一个大的，一个小的。在大风的淫威下，大帐篷的一根骨架已经折断了。

一位男同学挠挠头说："不行，这里风太大，我们得找个稍微背风的。"

于是十几个人又开始忙活把所有的东西搬回车上。

灯光昏暗的车上，一群人在商量对策。

最后男同学们分为三组，各自寻找风小的平地。

司机大哥不知从他车里的哪个角落翻出一个井下工人用的巨大矿灯戴在头上，也跟着其中一个小组去了。

车里就剩女同学、JJ，还有我。

他们走后我也下了车去走走。JJ本来要一起的，但有个女同学想上厕所，于是先陪她去了。

正好，我只想一个人走。那时候的我，待在人群里的时间长了，总是让我觉得难受。而且为了减少尴尬，还总要说话，是真要命了。

括苍山的风真是很妙，湿漉漉的，在风里站上一会儿，皮肤上都是细小的水珠。

我把毯子裹在脖子上，靠在风力发电机的大柱子拿出烟点燃。

一直杵在那群同学中，我都快忘我的烟瘾了。

手机只有两格信号。S的短信在车上的时候就来了。问我在哪儿，问我什么时候回学校。

翻来覆去读了几遍，一忍再忍想回复的手指。

风越来越大，雾越来越浓，再回车附近的时候，男同学们也已经回来了，说他们找到了稍微背风的地方。但雾大得没法再开车。

于是大家决定分两次把东西手动搬过去。

凌晨1点过，为了不走散，11个人需要手拉手地走。排第二个男生很嫌弃地对第一个男生说："哇，你这家伙上厕所从来不洗手的，我不要牵着你。"

队伍里的女生都被逗笑了，笑声在雾里回荡着。

那会儿的雾已经大到只能看到前一个人牵着我的手，却看不见人的地步。

他们口中背风的土坡，其实也没有多少遮挡。沿海的狂风刮起来，没有方向。超大帐篷还是完全没有办法支起来。

用石头压，用土埋。所有办法都被打倒。男同学们努力了几个小时，还是失败。

已过凌晨3点，我跟JJ说："要不跟你同学说算了吧，这天气，指不定过一会儿就下雨，日出也看不了啊。"

JJ迟疑了一下。

那位下午时候采草莓特别精力旺盛的男同学听到了，很大声地在旁边说："那不行，来都来了。"

他真的很大声，站在我旁边说这句话的时候，我觉得我耳朵都快聋了。

凌晨3点依旧中气十足，想到他这一整天表现出的活力，我对他都有点崇拜了。

4点，终于搭起了一个小帐篷。

男同学们那叫一个开心。

全往里面钻，差点又弄倒了。

接着，仅剩的一个超大帐篷也搭起来了。

JJ兴奋地说，现在只求别下雨了。

我抬手看时间。4点20。

司机大哥把矿灯一摘，悠悠地说："日出没什么意思，倒是这大晚上搭一晚的帐篷把人折腾得有点意思。你们这些小孩儿，比我们那年头会玩。"

他说的时候，眼睛看着帐篷走神了。我想他如不是有些瞌睡，那就是在想着他们那年头的事情。

在帐篷里玩了一小时的真心话大冒险，大家觉得有点累了，于是打牌的打牌，睡觉的睡觉。

凌晨5点半，我走出帐篷透气。

天已经在开始亮了，雾终究是没散。

站了没几分钟，几颗雨落在了我的脸上。

我想日出到底是看不成了，但好像也并不觉得多可惜。司机大哥不是说了吗，这一晚上折腾帐篷才是乐趣所在。

我在帐篷不远处抽了一支烟，中途看见去很远地方方便完回来的一位男同学。那男同学就是之前手拉手前进时排第一的男生，那个被排第二的人嫌弃上厕所不洗手的男生。想到这我有点想笑。

他拿着一袋手纸和半瓶矿泉水走到我身边，说："你看着啊，看完给我作证啊。"

说完，他开始倒水来洗手。

我笑了。

他说："阿超向来嫉妒我，天天诽谤我。但我不怪他，谁让我天生丽质让人生妒呢？"

他说的阿超就是排第二说他的那位男生，而他叫阿尤。说天生丽质是夸张了些，但他确实属于好看的那类男生。

虽然经常互相攻击，但阿超和阿尤其实关系很好。JJ说他们是一个寝室，整天形影不离那种，两个人加在一起就是搞笑二人组。JJ说班上的人还给组合起了名字，叫"超油"。

我这一路见识了他们组合的实力，如果是在东北，完全可以以二人转组合的形式出道了。

"你一向这么酷的吗？感觉你好忧郁。"阿尤坐在我旁边说。

我重重地吸了口烟，我这一路都在没话找话地和同学们聊天，从天文地理到衣食住行，这难道不是开朗的表现吗？

我要好好地反驳他，于是我说：

"我很开朗啊。"

说完，又觉得半点说服力都没有。补了一句："你随便问我什么，我很愿意跟你交流。"

"为什么抽烟？"他问。

真是个好问题，我真答不上来。

"这个，一两句真说不完。"我说。

他撇了下嘴。对我的印象再次被印证。

"早点进来吧，外面冷。"他说着，然后起身回帐篷了。

我依旧站在那儿没动。旁边二十米远的大帐篷里发出暖黄的光芒，微微照亮我面前的浓雾。

"为什么抽烟？"我想起那年高二的走廊，S也这样问过我。

括苍山上茫茫大雾和零星小雨中，又剩我一个人坐在那里。

荒烟滚滚，万劫不复。

雨落江南，孤烟北去

1

西湖旁的星巴克，我和JJ找了二楼靠近露台的位置坐着。

露台外是初春的西子湖，江南的雾气，化不开一样的浓，湖边人来人往，都沾一身梨花带雨。

花间烟雨巷，温柔富贵乡。

那是我们在杭州的最后一天。

江南的雨从我们来的时候那天开始下，这雨像是随我而来，也有几分要随我而去的架势。

JJ拿出昨晚从我这儿拿去的烟，顺口问："火机呢？"

我摸出袋子内侧的火机。

红色的Zippo，S送的礼物。

说来可笑，在一起的时间里S不让我抽烟，这火机被他藏起来，一次没用过。

前不久我把它拿出来，它安静地躺在盒子里，像沉睡了几个世纪。

它通身亮眼的红，它似乎已看透世事。

JJ点完递给我。

刚拿在手里，身后桌子的一个姐姐走过来，要借火机。

不薄的粉也没能隐藏住日益明显的细纹，齐肩的大卷发，单眼皮，没有眼妆。一眼，我揣测年纪比我稍大。

我点头，摊开手。

姐姐开心地伸出一只手来，拿过火机。

那是一只瘦得几乎只剩皮的手，修长的手指上，黑红色的指甲很显眼。那样一双手，似乎也已看透世事。

我不由地说了句："挺好看的颜色。"

姐姐笑了，站着点了一支中南海，姿势娴熟，吸了一口说："就你们两个人？"

JJ点点头。

姐姐拉开了我们那张桌子另一边的椅子，坐了下来，递给我火机，说："那坐一起吧，我在等4点的车去乌镇，一个人太无聊了。"

JJ说："我们过两天也到乌镇。"

"是吗，那真有缘，你们之前去过吗，我去待好几天呢，要不留个号码，到时候无聊，我们还能凑一起斗地主。"姐姐说着，利落地去后面桌上的包里翻出手机。

JJ和她交换了电话。

姐姐很自来熟，很快就聊开了，姿势从端坐聊成一只腿搭在对面的沙发上。

她姓徐，上海人。意外地去了次凤凰后，有了很重的古镇情结，前段时间一咬牙，辞了工作想寻个古镇，开家客栈。

JJ问徐姐，4点的车，为什么不去西湖转转。

她说之前去了，结果被挤出来了，这节假日的西湖简直是地狱，还下着雨。

JJ笑着说："我们也是被挤出来的。"

我没怎么说话，淅淅沥沥的雨让我心里觉得闷得慌。我总是非常不喜欢南方初春这样微雨缥缈的天气，感觉身体像被糊上了一张湿掉的不透气的纸，只觉得像被石头压着，浑身没劲。从小就是这样。下小雨的日子，我只想躺在床上睡觉。

曾经我觉得这是一种心病。后来有一天在一个飘着小雨的日子去看中医，我顺便说了一下我这日益严重的心病。

那医生是个七十好几的老大爷，他抬头扶了下眼镜，一脸不屑地说："哪那么多心病，你这就是湿气重。"

然后很随意地在我的处方单上添了一味热性药材。

那时候我就明白，人的职业可能生来注定。像我这么感性的人，大概永远干不了医生这样的职业。

我靠着窗户，看着窗外烟雨蒙蒙的西湖，全身无力。

我想了一下S，想了一下学校，想了一下未来，最后什么都不再想。

不知何事萦怀抱，醒也无聊，醉也无聊。

后来徐姐走，我送了送她，顺便出来透两口气。
帮她在门口拦了出租车，她的行李真是太多了。
徐姐把所有行李箱都放进后备厢后对我说："谢谢你的火机了，我们乌镇见。"

雨停了。
JJ拉我去湖里坐船。
湖中央的雾变得越来薄，越来越淡，阳光微微洒下的时候，半空有一条淡淡的七彩色。一船人都高兴地叫着彩虹，统一地朝着那个方向看去。

船里闹闹嚷嚷的，当一个人觉得开心的时候，他也会特别喜欢热闹，他们高呼着"彩虹"，好像多喊两声，彩虹就会搭理他们一样。

JJ轻轻拉了下我，说："你后面有个男生的镜头对着你呢。"
我回头，咔嚓一声。

那张照片到底照得好不好？
成了我至今都想知道的一个谜。

JJ笑着说："怎样，要不要我去跟他要照片。"
"算了吧。"我说。

毕竟和彩虹一样。

人，也是要有缘才能看到的风景。

2

JJ只在乌镇陪了我一天就离开了，学校的保研名额出了点问题，她可能要重新准备考试。

我没有留她，她已经荒学废业，陪我大半月了。"红颜祸水"，这是她高中时期给我抄作业被老师发现后送我的四个字。

这么多年了，我依旧没有变成一湾甘泉，也依旧死皮赖脸当着她的红颜。

她是一大早就走的，字条压在一杯牛奶的下面。

"有事给我打电话，该想的就去想，不该想的别想，开心就容易多了。"

我看完，喝光了杯子里的牛奶。

空荡荡的房间里转了两圈，又倒回了床上。

该想的想，不该想的别想。人要真能这么理智，那这一生何愁难过。

我躺在床上看S早上发来的短信，他说我们何必呢，我们重来吧。

我已经记不得我看了多少遍。但他不是三年前的他，我也不是三年前的我。我们一起度过全世界只有彼此的三年，这三年我们像抓一根救命稻草样用力抓住彼此，用力到天崩地裂，用力到声嘶力竭，用力到不得不放手，然后，我们将一个人走进没有彼此的世界过下一个三年，或者，三十年。

再见不似从前。

很久之后他又发来一条。

到底还要怎么做，还是你爱的只是你自己。

清晨的乌镇，房间里有些冷冷的。鼻窦炎是个奇怪的毛病，受到刺激总会有液体倒着流入喉咙。

不知道什么时候开始，当我觉得眼睛有些酸的时候，喉咙很快会尝到一种涩涩的味道。

如此小的乌镇，我晃悠了七天，竟一次都没有碰到过徐姐。临走的前一天为了方便乘第二天的飞机，我从西栅的客栈搬回了杭州的酒店，在酒店大厅办手续时，竟然意外地遇见了徐姐。我入住，她退房。

依旧厚厚的粉，不画眼妆，她先认出我，在我身后很大声地喊："小北。"

她是下午的高铁回上海，我办完手续，带着她和她那一堆行李，去了我的房间。

"怎样，乌镇还行吗？"我一边翻出行李箱里的吃的，一边把我的烟和酒递给她。

她冲我的烟摆摆手，只接了酒。

"我不抽女式烟，太淡了，没味儿。"

她接着说："乌镇不行，商业化太严重了，不太喜欢，再看看吧，我之后再去去平遥什么的，多考察一下。你呢？"

"我？我什么？"我喝了一口罐装生啤。

"接下来的计划啊。继续旅行还是回学校？我记得你朋友说你们都是今年毕业。"她说。

"哦，这个啊。没计划，该考的都考完了。"我说。

学校，好像只欠一句再见。

我这样想着。

"你跟你朋友性格太不一样了，她比你开朗多了。"

说完，她又聊开了，把绑带的凉鞋一脱，盘腿坐在床上。

我当时正躺在一米外的沙发上，徐姐拍拍床边，示意让我过去。

不由得，我竟觉得有点害羞。

徐姐看我迟疑的眼神，哈哈大笑："姐姐取向正常的，你开的房，你还不好意思了。"

我笑着走过去坐在了床上。

那段时间酒量一直不太好，大概因为失眠的缘故，解酒能力直线下滑。一罐生啤喝完，我开始话痨了，天南地北停不了，时不时还要以"说句实话"这样的开头来引出一段内心深处的独白。

徐姐一边听一边笑，笑抽着说："我要收回我对你的评价，你不是不开朗，你只是太闷骚。"

"毕业后准备干吗？"她打断我。

"不知道。"我摇头，一下倒了下来，平躺仰视着天花板，"把舞队的工作室卖了，拿上剩下的钱和毕业证，从此浪迹天涯。"

徐姐也稍有点喝高，很大力地拍着我的肩膀："好好，姐支持你。"

所谓支持，不过有钱出钱，有力出力。她却是出了很多力，等她拍完，我只觉得我肩膀快废了。

过了一会儿，她对着天花板发了一会儿呆跟我说："其实我辞职还有个原因。"她顿了几秒，继续说，"我老板的老婆怀疑我和我们那秃顶的老板有一腿，所以，待不下去了。"

我没回话，拉过枕头蒙住脸，心里想着，谁他妈设计的这天花板上的射灯，真晃眼。

"还秃顶啊。"半晌，我说。

"对啊。"徐姐突然笑起来。

我依旧把脸窝在枕头下，摇头。"你不是小三，他老婆才是小三。"

徐姐已经笑得不行了，说："你真醉了。"

然后我们都安静下来了。

她突然问我："你呢，有喜欢的人吗？"

我愣了一下，然后隔着枕头摇头。

"那真好，真轻松。"说完，她又把头转过去，接着说，"我毕业就在了那个公司，四年。"

她说着，声音缥缈，像在跟我说，也像在对自己说。

我在枕头下醒来的时候，已是下午6点。

徐姐和她的行李都已经离开我的房间。

手机上有一条陌生的未读短信。

我留了你的号码，什么时候我客栈开张了，你来找我，我欠你一顿酒。

想起之前满脑子的酒精，都没有好好回答徐姐的问题。

于是按了回复，回道："姐，感情只能是两个人的事，所谓第三者，不过是一种不明事理的迁怒。"

徐姐很快回来两字："谢谢。"

我收拾了一下凌乱的桌子，空荡荡的房间又只剩下自己了。

明天的飞机又是凌晨。

回家，只不过是回到另一个没什么温度的空房间而已。

厦门

海边都有环岛路

每个人都有潜在的被害妄想症

错过的那场日出

巧遇，大嶝岛

海边都有环岛路

1

我去厦门之前，S要我和他去泰国。

走之前，他来我家楼下等我。

但我没有下楼，他也没有上来。

这样的距离，也是我们最后的距离。

去厦门的飞机，巧合和S去普吉岛的时间重合，都是11点，只是
他是中午，我是晚上。

我依旧关注他朋友圈的新状态，中午的时候，他放了一张他在
飞机上的自拍，状态写的是："到底还是一个人去了。"

那些说要一起去的地方，到底还是一个人去了。

各奔东西，没有人留下。

但我竟然有点庆幸，至少，他没有和他新女友去。

我第一次见他的新女友并不是照片，而是学校外的夜宵烧烤摊
前，他牵着她的手经过。那夜烧烤摊上的50瓦的电灯泡异于平常地
亮，他们牵着的手，像一根刺一样缓慢划过我眼睛，然而，最痛的

地方也并不是眼睛。

我记得那一瞬间我想了很多。我想过冲过去大闹一场，让那昏暗的街道见证我的脆弱；也想过牵着身边男性朋友的手，假装若无其事路过他的眼前。

但最后我只是把自己湮没在酒桌上喧嚣的人群里，看着他们从马路对面经过。

那晚朋友说我酒量见长，可能我只是误把酒当阿司匹林。

那时候对于有些人，我们总是太自信，等闲岁月沧桑，独独故人心永。那时候我们太不自量力，不知是在与什么抗衡。那时候我们翻完了几本唯物主义的论著，却连最基本的辩证法都忘了。

周围会变，我们也会。

等闲变却故人心，如今只道是寻常。

2

走的那天，堂弟在凌晨3点送我去机场。

失眠的缘故，那时候总是不嫌累地喜欢半夜的飞机，到目的地的时候常常是万籁俱寂的凌晨。

堂弟在车上说："厦门也有环岛路。"

我点点头。

"这种东西，海边都有的吧。"我说。

想起小时候，和堂弟一起跟着家里人去青岛。

饭后在环岛路散步，风很大，我突然就一个劲拉着他在环岛路上奔跑。他拽紧了我的手一个劲喘着气问："姐姐，姐姐，跑什么啊？"

我笑着转过头说："跑快点可以飞起来，像风筝一样。"

只有几岁的堂弟一下兴奋了，深信不疑，连蹦带跳地在后面傻笑着跟着我。那时候的青岛特别干净，连风都有清香的味道。

想到这儿我就笑了。

堂弟好像也默契地想到这儿了，也笑了。

"别又去环岛路上狂奔了，这次没人跟着你。"他说。

堂弟小我不到三岁，从小到大反而很多事情都是他帮我，因为我小时候很皮，而他小时候很乖。

比如小时候爷爷教我们写毛笔字，我沾了墨，不往纸上写，尽写他脸上。

爷爷每次来检查，为了不告发我，他自己拿笔在脸上抹。以至于爷爷每次都骂他，还让他跟在一旁装样子的我好好学习。

我一直觉得我堂弟早熟，而早熟的原因是从小受爷爷影响太深的缘故。那时候暑假去爷爷家玩，整天不想做暑假作业。堂弟语重心长地拍着我肩膀，说迟早是要做的，早点晚点又有什么关系。他说那话的语气和爷爷几乎一样。

瞬间我十分羞愧，我堂弟那会儿才小学二年级。

用堂弟的话说，我和他是世上装得最像姐弟的兄妹。

到了机场，我也开始觉得困了。托运了行李后，我看着呵欠不断的堂弟，打算让他先回去。

"跟谁想留下来似的。"他说。

接着，又让我注意安全，回来给他电话，他可能来接我，当然也可能不来。

磨磨蹭蹭，又一起吃了个早餐。直到我要过安检，他才真的准备走了。

"上了飞机好好睡一下，让你朋友早点去接你，这么晚的飞机，不知道你怎么想的，一天就知道瞎折腾，这么大一人，点都不省心。"

"知道啦知道啦，你回吧，我又不是第一次出门，不会死的。"

"谁管你，死了才好，这么麻烦。"说完他走了，没几步又掉过头朝我喊，"你小心点，有事给我打电话。不，到了就给我打电话。"

我笑着冲他挥了下手。

过了安检。心里突然有点难过。

那年堂弟高考高分录取到外省大学，家人设宴为他送行狂欢庆祝的那天，我忙着谈恋爱而没有去。如今失恋，他却千里之外赶回来陪着我瞎折腾。

我们为一些人伤神，一些人却只希望我们不要因此伤身。

后来凌晨一点过，我才到高崎机场。

我骗了堂弟，压根儿没有约好来接我的朋友。我甚至在厦门的两周里，都没有打给任何认识的朋友。

孤僻如我，活该一人漂泊。

我给堂弟发了条短信。"朋友接到我了，勿念。"

表弟回信的声音很快传来。"谁念谁傻×。"

每个人都有潜在的被害妄想症

凌晨的机场比平时淡定从容得多。

出了机场，轻柔的风里夹着淡淡的海水味道。

来之前我没任何准备。我对机场在什么位置，离市区多远，该怎么坐车，诸如此类一无所知。唯一的准备是，我订好了鼓浪屿上的一家酒店。而这个准备如今反而成了束缚。打乱了我本可以随遇而安的闲适。

最后几班飞机的乘客也陆续散去。机场渐渐空了。还剩大巴车站台前还有一些游客踟蹰不前，还剩拉客的司机依旧不知疲倦卖弄着嘴皮子。

我盯着打着白炽灯光的站牌看了半天。最后放弃机场大巴，拦了一辆刚进入视线的出租车。

出租车上，司机问我具体到哪个位置。支支吾吾半天我也没说出个所以然。

只好给订的酒店打了个电话。

前台是个男声，很热情。在电话里给我说现在轮渡已经停了，只能坐私人渡船。

　　然后他问我几个人。

　　我说一个人。

　　他沉默了几秒说："这样，你把电话给司机。"

　　于是我照做。

　　不知道男人在电话里跟司机说了什么。司机竟操上了一口闽南语，叽里呱啦，除了最后几个数字外，我一句没听懂。

　　然后电话回到我手里。

　　男人在电话另一头用标准的普通话，语气温柔地说："司机会帮你找条私船，我一会儿就去码头等你。"

　　我挂了电话。随后，突然意识到这是大半夜，我是孤身一人的女孩子。心里开始有点七上八下。万一这是一个犯罪团伙怎么办，想到司机最后几个数字，971，莫非，我值这个数？这也有点少吧。

司机讲完电话后，就没有语言了，只是开着车，说不上是专心还是若有所思。窗外的建筑不算太多。感觉不出来是进城还是出城。安静的气氛，让我脑子里止不住浮想联翩，看过的所有变态杀人分尸案画面都涌现进脑海，无法遏制。

想着聊几句，缓解一下我略显紧张的情绪。刚准备开口，就在后视镜里和司机的视线相撞。四十来岁，油性皮肤的缘故皱纹不太明显的脸。撞到我的视线后，他眼睛眯成一条缝，嘴角上扬。我到口的开场白又咽了回去，像是被吹了一阵邪风，有点不寒而栗。

打消了聊天的念头，我燃了一支烟。

司机将后座的窗玻璃摇了下来。我意识到这可能引起了他的不悦。将窗摇到最底部，吞吞吐吐地说了句："不好意思。"

司机没说话，依旧只是对着后视镜笑。

厦门风里淡淡的海水味从窗外飘来。

吸了一口烟，我想，在这种地方遇害，尸体都应该是往海里扔吧。那这海底该多恐怖。想着，开始觉得风里出了淡淡的海水味，甚至隐隐约约有点腐烂的味道。

车停的时候，已是两点多。

四十来分钟，我觉得像过了半个世纪。这半个世纪里，我在我的脑子里死了又活死了又活，各种死法，各种奇案。

不知道司机有没有绕远。那一程，我感觉很长。看表，六十多块。不过好在终于没死，那一刻我甚至宁愿多花点钱。

给了司机一百，他找了我四十。我莫名地舒了口气。

下车的时候，司机也一起下来。他说去帮我找船。

我又开始紧张。环顾一下四周。这是在道路一旁的码头。车停在路边。这个点，几乎没什么行人。更没有什么交警、巡警。码头的灯光不算太亮，空船很多，船夫很少。有几个脱了鞋子坐在门口。不亮的灯光下，黑黑的瘦瘦的。几个人姿势夸张地玩着扑克。马路上的路灯是此时唯一的安慰。对面有一家灯火辉煌的酒店。突然就无比羡慕此时此刻睡在那家酒店房间里的人。

我要是订的这家酒店该多好。

司机跟其中一位瘦高个儿交头接耳了一会儿。然后上来，依旧没说话，只是提着我的行李箱自顾自往一艘停着的汽艇上走。

我脚步犹豫，司机已经到汽艇上了。心里想说等会儿，但还没出口，汽艇上站着的一个瘦黑高个儿冲我喊着："妹子，快点儿。"

心一沉，算了，死就死吧。

于是上了汽艇。

瘦高个儿丢给我一件救生衣。

司机下了汽艇，又用闽南语跟瘦高个儿说了几句。然后过来跟我说："一会儿到了再付钱给他。"

司机走了。我系好救生衣，谨慎地看着瘦高个儿。今晚上真是折腾，走了个司机，又来个船夫，万一他们是一伙的，那看来果真是准备把我丢海里。

这夜深人静的，把我丢海里，最省事了。

想着，瘦高个儿已经将船驶出了码头。这下开弓没有回头箭，只能听天由命。

海上风大，坐汽艇上就更大了。喷出的气体，把海水狠狠地打起来，再打散。零星的浪花顺着风就扑到了我的脸上。

浪花随着速度的提高，在身旁越堆越高。将手轻轻放在上面，浪花会很有力地将它托起来。我勾出了身子，想更大面积地接触浪花。

"喂，小心点！"瘦高个儿一声大吼，原本是想制止我不怕死的动作，可绷了很久的神经稍微有点放松的我，被他的吼声一吓，没听出他具体说了什么，双手捂住耳朵，眼睛一闭，叫着："啊啊啊啊，你要干什么？"

瘦高个儿被我这么一叫，先是愣住，随即大笑。

我看了一眼狂笑不止的他，觉得自己傻死了。

瘦高个儿眼泪都快笑出来了，他揉了揉眼睛问我："那么胆小，干吗这么晚一个人来。"

我瞥了他一眼，说："我胆儿可不小，我跆拳道黑带，想试试吗？"

瘦高个儿不解地问："啥？"

我看了一眼他疑惑的表情，说："我包里还有防狼胡椒粉，这个你可以试试。"

他一听，又笑："胡椒粉顶个啥用。"

"你试了就知道了。"我边说边在手包里摸着。

瘦高个儿笑着说："我怕了我怕了，我没想把你怎么样，你留着对真这么想的人用。"说完，又大笑。

这一笑，还真止不住了。一直笑到了鼓浪屿。

船刚一停，一束光就打在了岸边的一个人影身上。我想，这便是之前电话里的那个男人。

瘦高个儿把船停好。提着我的行李箱，扶着我下了船。做这些动作的同时，他居然还在笑。

男人立刻走过来，有点惊讶的表情，接过瘦高个儿手里的行李箱。两人用闽南语聊了几句。虽然不知道内容，但看得出很开心。随即，瘦高个儿冲我挥了挥手，用普通话说："拜拜，胡椒粉别乱用啊。"然后又转过头对男人说，"这女孩儿好凶的呢。"

我无语。

然后，瘦高个儿的汽艇驶出了港。

"糟了，还没给船钱呢。"我突然意识到这个问题。

男人重新提起了我的行李，说："没关系，那个人是我朋友，这么晚你过来，我们酒店也该包接送的。"

他这么一说，我也就一点没客气，毕竟这家酒店一晚的费用也匹敌五星级了。

"那，之前的司机也是你朋友，我看你们在电话里一直聊。"我问他，想解开之前的胡思乱想。

"哦，那不是。我怕他绕远讹你，你又是一个女生，我想让他帮你找船。所以用当地话跟他说来着，没想到他找的船夫碰巧是我朋友。"

"这样啊，那你们叽里呱啦说什么了，我看他最后还说了几个数字"。

"哦，那是他的车牌，万一有什么问题，我好找你。"

他说完看了我一眼，我心生感动。瞬间感到自己当初关于那几个数字的想法，是多么狭隘和无知。

沿着内厝沃路走了一阵。男人停住了。眼前是一个欧式建筑风格的大别墅。纯白的大门和外墙。网状结构的白铁丝围墙围不住满园的花。几枝木棉从墙那边翻出来，优雅地舒展开，那个角落看过去，和我订的时候在网上看到的照片一模一样。

进去前台已经没人了，男人自己帮我办完手续后，他把行李提到了我房间门口。笑着递给我钥匙，说："好好休息，早上起得早的话，可以来餐厅吃早餐，免费。"

我低头一看手表，再过一会儿天都该亮了。

那会儿借着走廊暖色的灯光，我才意识到眼前这个男人轮廓好深。头发柔柔顺顺地搭在额前，黑黑的，光落下来，映出一个完整的光圈。

但我那会儿很疲惫了。

纵使再美丽的事物我也无心欣赏。

我道了谢，转身进了房间，也来不及打量我这个华丽丽的沙滩主题大套房，直接往床上一倒。

记得以前S总是告诫我深夜不能一个人在外面，夜里连垃圾都只能他去扔，晚上饿了想吃夜宵，渴了想喝饮料，都只能和他一起去，或者他一个人去买来。他说深夜的街头有醉鬼，走廊有变态，甚至也很少点外卖，他一直觉得外卖员也是潜在的危险。

那时候觉得他真是夸张得可爱，总说他有被害妄想症。

而如今一个人，才发现这被害妄想症大概也多少传染了一些给我。

错过的那场日出

1

我也不知道什么时候起，中国的海边，总会看见各种花色的长布在半空飞舞。这种花布还有个听上去很异域风情的统称，叫"波西米亚风"，但其实花纹大都跟波西米亚没多大干系。

但是大家都偏爱在海边弄一袭长裙随风飞扬，这是真的。

于是作为一个俗人，我也很落俗地在行李箱放着两套"波西米亚风"。

因为我试想了一下，在某个霞光万道的海边，我穿着拖地长裙在沙滩上迎着朝露而奔跑。只要能确定我不被拖地裙子绊倒，那么这样的画面拍下来还确实有点浪漫。

虽然我也不知道，这样不知所以的浪漫画面拍下来对我有什么意义。但正如在来厦门的飞机上认识的一个女孩子所说："你出来旅行不拍照？那你干吗来了。"

我觉得她说得特别对，她说这话的那会儿飞机已经降落，她在座位上补着妆，整理着她刚戴上的一顶宽檐帽。

那帽檐可真宽，带上就能拒人千里之外。

前一天的折腾，几乎已经让我忘了，我也是要去海边拍照的人。

早晨我依旧穿着背心衬衣和短裤准备去酒店餐厅吃早饭，走到酒店的花园，我才想起还有这一茬。如梦初醒，丝毫没有犹豫地准备回房间换上。

这时一个很有磁性的声音叫住了我，准确地说，我也不知道是不是在叫我，因为那个声音叫的是"那个美女"，但我还是想当然地很不要脸地回头了。

是昨晚那个温文尔雅的男人，短裤背心，拿着剪子，修剪花园里的草木。背心被合适的肌肉撑得刚好。

所谓的穿衣显瘦脱衣有肉，反正他跟我完全相反就对了。

他笑眯眯地跟我点头，说："猜到你会起得晚，但没想到这么晚，现在已经没早餐了，可能外面也没有了。"

我还沉浸在关于身材对比的想象中，迷迷糊糊地点点头。

他依旧笑着，看了一眼我挂在肩上的相机。又看了一下表，说："要不，我带你去吃这里很好吃的小吃，反正这个点，也是午饭时间了。"

他说完，笑眯眯地等着我回应。

但我一心想着我的"波西米亚风"，愣了几秒，说："你等我一下。"然后，我以极快的速度跑回房间，换上了我心心念念的"波西米亚风"，然后悠悠然然地走出来。

等在院子的男人表情从不明所以又变成笑眯眯，说："很好看。"

我这才跳过没睡醒的大脑意识到，我这一系列动作，是有多奇怪。有点慌张，立马解释，但不知从何下手，于是整理了好一阵，话一出口就后悔了。

我说："这裙子跟你没关系。"

男人哈哈大笑，说："我知道我知道，我就是觉得好看，你很适合。"

我无力回天，也就破罐破摔了。我为了缓和一下自己的尴尬，说："难道之前不好看？"

"也好看也好看。"男人说着，拿起椅子上的衬衣，"走吧，趁现在还早，你都穿成这样了，总得有个人给你拍照吧。"

于是我就这样跟着酒店里修剪树枝和接待客人的店小二出门晃悠了。

我们去喝了出名的张三疯，吃了潘小莲。鼓浪屿商业化得我几乎看不出它曾经的影子了，民宿大多改成了家庭式酒店，渔民也少有看见。游客多得像在赶集，有名一些的店总要排队。但男人在这一带似乎很熟，人缘也好，总能从队伍周围翻一些熟人出来帮我们绕过那些长长的队伍。

从潘小莲出来的时候，我看见门口排着几个人，轮着盖章。

于是转过头问男人："他们在干吗？"

男人笑着没说话，去对面卖明信片的铺子买了个小本子，递给我，说："你也去盖吧，好像来这儿的女生都爱这么玩。"

我翻了几页小本子，每一页都是鼓浪屿上的店铺，有一张店铺的照片和一个留着盖章的空白。我大概数了数，一百多页。

"这要盖完，怕要花几天吧？"

"只要熟悉路，也快。"

"这样子啊，我还是算了吧，我路痴。"

我说着又递回他手里。

4点之后，男人接到了酒店的电话，应该是催他回去工作。

没道理再占用他的时间，于是让他有事的话就先走。

他点点头，在我手机上留下了他的号码，说迷路或不知道怎么玩了就打给他。我点头，准备保存，却意识到我还不知道他的名字。

他挠着头发说："陆奇，陆地的地，奇特的特。"

"那是地特。哈哈哈……"我大笑，看着他似笑非笑的表情，又说，"你存心逗我的吧。"

"哈哈哈……没有没有，我走了，回见。"他转身准备走。

我突然想到什么，冲着他的背影喊："我还没说我名字呢。"

声音有点大，周围的人全转向，路人甲乙丙肯定打心眼里觉得这姐们儿是有多不矜持。我想我对我的形象真的无力回天了。

"我知道的，我知道你名字。"陆奇挥了下右手，左手又挠了两下头。

我愣了几秒，才想起昨天就是他登记的我的入住信息。

2

鼓浪屿不大，两天时间我就差不多有几分厌倦了。

S似乎在泰国玩得很好，他也从我朋友圈或是别的什么朋友那里得知我似乎在厦门也过得很好。他会时不时传一些在泰国认识的美女的照片给我。我尽量不让自己有太明显的反应，大多不回复，偶尔心血来潮会回两句："人妖吧。"

"你才人妖，人家货真价实纯妹子。"S回我。

"那你得多灌两杯，带回去检验一下。"

"……无聊。"

是吗，真不知道我们俩谁更无聊。我把电话摔在床上，出了门又是面对百无聊赖的街道。

中午，陆奇约我一起吃饭，说是一家挺好吃的沙茶面，不过不在鼓浪屿，在曾厝垵。

我一听是好吃的，也没问多远，就跟着走了。

陆奇在轮渡上跟我说："你这样的太容易被坏人骗走了。"

我白了一眼他，又说："我跆拳道黑带。"

他哈哈大笑。

轮渡坐到思明区的码头，陆奇的一个朋友已经等在那儿了。

陆奇跟岸上等他的那个朋友打招呼。那朋友看上去跟我们差不多大，视觉上比陆奇矮了一个脑袋。轮廓不太深，但皮肤也挺白，

黄色七分裤和蓝色NB鞋加一起，撞色撞得很显眼。

上岸后，陆奇介绍说："这是我朋友，小明，厦门人，在四川上了四年学。"

我笑笑跟小明打招呼，小明很官方地对我说："你好。"说完又对陆奇说，"不错啊，你这酒店做得真清闲。"

我们是坐小明的车到曾厝垵的，这个地方早先是个小渔村。但现在也是林立了不少走小资路线的店铺，但不同于鼓浪屿，也许是开放晚一点的缘故，这里相对淳朴，也相对安静。文艺青年聚居地。

我们到了之后，先去一家陆奇说的好吃的小饭店，吃了一碗沙茶面。

个人觉得沙茶面真是厦门最好吃的东西，没有之一。以至于离开之后都会常常想念。

接着他们带我到曾厝垵内，一个叫晴天见的café喝东西。

由于沙茶面吃太多，我喝不下东西，于是只叫了一个甜筒。

小明帮我点了甜筒，橱窗里一个短发女生笑着点头，似乎跟小明认识。一会儿短发女生把甜筒递过来，瘦瘦的手臂上戴着两个皮绳手链。笑着对我说："慢用。"

"你们常来吗？"我问小明。

"我来过几次，这个店有段时间不是很火吗？当时想在这边打个店下来所以来过几次。"小明说着喝了口点的柠檬茶，接着说，"陆奇就不常来了，是吧，陆老板是大忙人。"

我有点诧异，陆老板？

"就知道开我玩笑，说点正事，厦门还有什么好玩，她才来几天就说无聊了。"陆奇坐在我旁边搅着咖啡问小明。

"厦大、环岛路、中环这些去过了吗？"小明问。

我愣愣地摇摇头。

"那普陀寺、胡里炮台、中山路呢？"他接着问。

我依旧愣愣地摇头。

"你怎么带的路？"小明转过头责问陆奇，陆奇挠着头说："不然找你出来干吗？"

小明抬表看了一下说："今天不早了，最多能去两个地方，你俩吃东西了吗？"

我依旧摇头。

"那走吧，我们先去环岛路，再去中山路。"小明一看就是个急性子，说的时候已经走到门口了。

陆奇挠着头说："他点子比较多，那走吧。"

"那还等什么。"我咬了一口甜筒，往外走，陆奇在我身后笑着说："你这样的真的太容易被骗走了。"

从曾厝垵出来，小明开车带我们一路飞奔到环岛路。

下车，就是一阵环岛路的海风，想奔跑的冲动压在脚指头上蠢蠢欲动。

3

小明和陆奇在离我们最近的租车行，租了三辆自行车，然后我们沿路一直骑。环岛路沿路有很多还不错的海滩。停车拍拍照，走两步，抽两支烟，海风撩动发梢的感觉很舒服。

陆奇和小明也是要抽烟的，不过两人在看到我摸出烟的时候还是有些惊讶。不过陆奇说他猜到了，因为打扫的阿姨把我房间垃圾丢出来时，他无意间看到烟头。

我一拳打在他手臂上："你这工打的，还真是细心，说，泡了多少来入住的纯情少女。"

陆奇脸立刻就红了，拿下嘴里的烟，一个劲摆手："没有没有绝对没有。"

刚打完电话的小明走过来，见陆奇窘窘的样子，踮着脚将手臂环过陆奇的脖子用不标准的四川话说："我们陆老板纯情得很，别欺负他哦。"

小明真是比陆奇矮多了，这样说来，陆奇大概有一米八五左右吧，跟S一样高，或者还要更高些。

我笑着掐了烟，朝车走去，准备接着骑。

本来我们说好，骑累了直接杀到中山路吃东西。

但骑着骑着遇到一个户外真人CS俱乐部，模拟场景修得很大，跟城堡似的。本来我们只是停车休息，但远远地看得我心痒痒。

小明一边喝水一边说："我都不知道这儿有CS，应该是新修的吧。"

陆奇看了眼我艳羡的眼神，说："那不如去玩玩？"

"那还等什么。"我如鱼得水一般，直接骑车往沙滩下冲。

陆奇笑着在身后跟着我，一边骑一边刚开口说完一个"你"字，就被我抢过台词。

"这样的人太容易被坏人骗走了。"

我们在俱乐部等了好一阵才来了几个能一起分组的，我、陆奇、小明还有两个不认识的一男一女一组，敌方全是男的。

教练给我们大概做了十几分钟的训练，都是关于设备使用之类的。然后我们开始商量战术，最后隐藏，开战。

前十几分钟，敌我双方都没有交到手。直到小明对着对讲机的一声惨叫："哎呀，我挂了。"

同组的女孩儿一听，立刻不在状态地笑出声，一边笑还一边说："这叫得也太不专业了。"

这一出声，我们立刻暴露。对方三人发现我们，随即交火。

本来三对三，我们还是有胜算的，但我们组有一位因为紧张，彩弹全打在天花板上了。

我可不想被那个弹打到，想跑开，要知道那个弹打人还是很疼的。

陆奇掩护我，被强力弹雨各种击中，咿咿呀呀叫着："哎呀，我死得好惨，记得给我多烧点纸钱。"

我们实在忍不住笑，最后还是投降。

从俱乐部出来的时候，已经是7点，我们一边谈论着，谁开枪打死谁的，谁扳机都没扣过就挂了之类的事情，一边骑车往回赶。

小明说跟他一起那哥们儿太扯了，从头到死，扳机都没来得及扣一下，不停说着隐蔽隐蔽，然后，挂了。

我一边听一边骑，几乎笑到腹肌抽筋，车也老是歪歪扭扭的。

那天回去的时候，小明送我们上了轮渡。他在码头上说："后天早上，我借条船出海看日出。"

"好啊。"我大声说着，随后拍了一下陆奇说，"你这朋友不错。"

"难得啊，你终于不觉得无聊了。"他说着。坐在了我旁边。

后来船开了，我迎着海风用不怎么标准的粤语哼着那首《一生何求》。陆奇用很诧异的眼神看着我，问我怎么还会唱这么老的歌。

我没回答他，只是继续哼。他也跟着我一起哼起来，他粤语比我好听多了。

远处海面黑蓝色的，和天连成一片，浑然一体。

海风夹着浪花不时拍上手臂。我和陆奇的声音夹在涛声中若隐若现。

冷暖哪可休
回头多少个秋
寻遍了却偏失去
未盼却在手

4

离开鼓浪屿的那一天，我很早就起床了。准确地说，是没怎么睡。陪着我的是床头不曾熄灭的灯。

整晚，我把一直留在手机里没删的曾经和S的合照翻了个遍，然后满脑的荆棘般思绪纠缠到天亮。

说不清时间是良药还是毒药，它可以让你忘了痛，但也会让你忘了爱。

摸黑前行，如果有光照亮了爱，必然也会照亮那些痛。

我上天台，收了前两天洗的衬衣。然后回房间收拾行李。

每一个准备离开的时候，都是内心最平静的时候。

因为该做的决定都做了。

在前台办手续的时候，我又看了一眼这个酒店。接待厅不算太大，但装修精美。花很多，跟墙上的油画相映成趣。我想这些花大多是经陆奇之手才被点缀在里里外外的所有角落。

想到这儿，我忍不住让前台帮我给陆奇带个信，好歹谢谢他这几天花了时间又花心思的照顾。

前台甜甜地笑着，说："好的，一定告诉陆老板。"

原来真是陆老板。想我还把人家当店小二使唤。

就这么走了吗？

明天还约好出海看日出的。

手机适时地响了一下，一看，是S。

"今天回重庆，你呢？"

我苦笑。

放弃海平面破晓的光芒，甘愿回到黑暗狭小的牢笼。

故人从未真正离开，对此我无能为力。画地为牢，再做困兽之斗。

人要是没有被扭曲的天性，大概最后都会出落得堂堂正正。

巧遇，大嶝岛

我一个人在大嶝岛这边战地观光园闲逛时，简直觉得无聊透顶了。

如果没有遇到那群中年人的话，我可能会觉得大嶝岛是整个厦门最没意思的地方。

遇见他们那会儿，我正在街边一个岛上随处可见的冷饮店里歇脚。

然后就走进来几个中年游客也买喝的。

他们随意地谈着大嶝岛的景色，然后提及了一会儿要去的一个海滩，说是在那边烧烤很舒服。

虽然无意偷听他人谈话，但是他们声音真的不小。大概听出了来龙去脉，实在忍不住，上前问其中一位阿姨，他们所说的海滩具体在什么位置。

几位大叔阿姨，看了一眼我又看了一眼我的小伙伴——我的行李箱。其中一位阿姨说："小妹一个人吗，我们车还有个位置，要不带上你？"

心里瞬间冒出一句话，"那简直太好了"。但为了稍显矜持，我吸了一口柠檬茶，说："这样怎么好意思。"

"有什么不好意思，空着还不是空着，晚点我们回厦门，你要是住厦门，我们还可以带你一起呢。"另一位阿姨笑着说道。

我很自觉地就屁颠屁颠地跟几位叔叔阿姨上了车。

车是一辆商务车，加上我之后，刚好坐满。

叔叔阿姨们都是自驾来厦门玩的广西人。差不多都是跟我爸妈差不多的年纪，刚好三对夫妻。并且让我惊讶的是，他们竟都是大学同学。

一路上玩笑不断，尽显几十年爱情友情的默契。

叔叔阿姨们都是很爱玩的主。工作之余都是约好一起自驾。我顺口问了一句："你们都没有小孩吗？"

开车的大叔笑眯眯地说："我们的小孩都跟你差不多大，你喜欢和你爸妈一起出来玩吗？"

"不喜欢。"我立刻回复道。

"那不就对了，我就喜欢你这样的小姑娘，勇敢，自己出来走走多好。我家那小妹妹就不肯出来，成天宅在家里养膘。"坐我旁边的开朗阿姨拍着我的手跟我说。阿姨叫春丽，之前第一个开口说捎上我的也是她。特别开朗的性格，她让我叫她春丽姐，说叫姐显得年轻。

但总觉得春丽这两字一出口就像在打街机，于是我叫她丽姐。

"你这人，哪有这样说自己女儿的。"丽姐的老公，在副驾驶一边用眼镜布擦着眼镜一边说。但语气完全没有责备的意思。

"妹妹，我们自己带了烤架什么的，一会儿跟我们一起吃烧烤吧。"另一位叫双双的漂亮阿姨跟我说。

"这……怎么好意思。"我再次面露羞涩，其实心里依旧瞬间冒出那句话"那简直太好了"。

"哪那么多不好意思，出来玩放开点。"双双阿姨大气地说着，说完一车的人都忍不住说："对，就得像这阿姨这么想，这阿姨可会玩了。"

双双阿姨咯咯地笑着，转过头跟我说："你自在点，这一车都是老顽童，大学时代就个个是疯子。"说完一车的人都笑。

双湖村也不是太远。

一路上闲聊，很快就到了。车子停在村里的停车场。

绕过几个土坡，就下到滩上了，很大一片滩。老旧的渔船成排地停靠岸边。

几位叔叔倒是不停地搬运物资张罗好了烧烤架，三个阿姨在海边拍照。

双双阿姨是个单反发烧友，我跟着她，拍着拍着就离人群有些远了。

虽然我们的设备相差无几，但照片画面真是差了好多。看看她的屏幕再看看我的，瞬间无地自容。其实那会儿我真没什么技术可言，相机是我爸玩腻了丢给我的，太重，几乎压箱底。和S在一起的时候，倒是他一直拿着玩。

阿姨笑着跟我说着构图、对焦之类的技巧，以及光圈什么的。

那些理论阿姨说起来的样子，就像我爸。我很认真地听着，尽管我依旧一直觉得，拍照这事儿，就是凭天赋的事儿。

我们坐在海滩上，然后一个大浪打来，要不是跑得快，差点成了落汤鸡。

烧烤架子很快被支好，叔叔们远远地招手，示意让我们过去开烤。

阿姨牵着我，说："走吧。"

我几乎完全没推辞地被阿姨牵着走，双双阿姨牵着我的手随着脚步的幅度不停甩，越甩越高，就像我小时候走路一样。

烧烤进行时的时候，叔叔们弄来两件果汁。因为平时工作应酬，他们不再提倡喝酒。于是大家都喝果汁。

刚开始，是大家划拳，谁输谁喝，后来不会划拳的参与不进来，就改成了讲笑话，谁的不好笑谁喝。

于是擅长讲冷笑话的我，独自喝掉3瓶300毫升的鲜橙多。

双双阿姨看着可怜兮兮的我说："这样不行，人家小北那年龄的笑话，我们理解不了，有代沟的嘛，不公平不公平。"

双双阿姨的老公——吉叔，也帮着我说："换一个换一个吧，那小北想一个吧。"

我重重地打了个嗝，说："有扑克么？"

"那当然得有，麻将都有呢。"春丽阿姨说着从自己包里掏出一副。

我拿着牌开始说规则，这是一个美国朋友曾经教我的游戏。

叫*What's that on my head.* 每人一张牌，自己不能看，将自己的牌贴在自己额头上，给别人看，然后，庄家发言，最大的喝还是最小的喝，喝几杯。接着挨个选择跟或是反向选择最大的喝，也可以多加筹码（多加几杯）。自己根据别人的发言来判断自己头上的会是最大还是最小，如果觉得危险就喝了当时的筹码，换牌重新开始。如果要赌下去，输了就得喝掉添加过几次的所有筹码。

解释示范了很久，叔叔阿姨们算是懂了，都感叹着考脑筋。

"听着就好玩，来来来。试一盘。"双双阿姨说。

接着游戏就开始。第一盘以春丽阿姨的老公耍赖没听懂规则为由，不了了之。第二盘开始大家都极为认真。

依稀记得有一盘坐我旁边的双双阿姨是拿10点，第一次发牌里最大的点。庄家是顺叔，叫了最大的喝，一次直接一瓶，顺叔每次出招都挺狠。中途两人加码，翻成三瓶。全场已无人敢换牌。为了保护双双阿姨，到我发言时，我直接顶回去，说最小的喝，于是方向从我这边又逆时针走。双双阿姨暂时安全了，不想最小的点竟又是吉叔。大家紧张兮兮地看着吉叔，吉叔表情呆滞地傻笑，双双阿姨不停使眼色，意思是想让他说最大的喝，又顶回来（因为她自己是不知道自己头上是什么牌的）。

吉叔想了想，还是自己取下了头上的牌，认输。

"笨啊你，顶回去不就行了，你看大家的表情就知道有问题嘛。"说着，双双阿姨取下自己头上的牌。这才意识到，吉叔是想保护她。

"人家陈吉才不笨呢。"大家都在起哄。

双双阿姨笑到脸红，也豁出去了，拿起其中一瓶，扭开，豪情万丈地说："老公，我帮你喝。"

于是两人在海边咕噜咕噜地豪饮鲜橙多。一群人在旁边拍手起哄。

夜已经拉下帷幕。海边的风很清爽。

如此至情至性的一群人，如此清新洋溢的海风。远远的渔民归港。海平面一浪连着一浪。分不清现实还是梦境。

那个年头简单而牢固的爱情，像一场滂沱大雨，把我洗劫一空。

夜幕下的大嶝岛拥有一切，人群中的我却依旧荒芜。

那些人间烟火

如果从未温暖过我

那这寒冷的夜里

我也不会茫然失措

就连黑夜也如此富有

拥有满天繁星和全部的我

而我空无一物

阳光一出来便穿透我的虚空

像点燃的白纸一再卷缩

最后成灰烬一丝混入尘土

月
尔
四
首

Si y u e S h o u E r

孤独的神经病

孤独的神经病

不再碰面，没了联系。对方的生活，就只变成听说。

听朋友说，S现在也算稳定了。

听朋友说，S家里人给他女朋友安排和他一个单位实习。

朋友说完，都会看看我的表情。

其实我也想看看我的表情，因为我总是在听到这些后，不能很好地感觉到自己的表情。

但也不好听完就摸个镜子出来照两下，那样的话，朋友大概会觉得我疯了。

于是我通常想些别的什么无关紧要的东西，搪塞一下朋友，也搪塞一下自己。

那会儿我在想，今年冬天怎么这么冷，多在室外站一会儿我都感觉不到我僵硬的身体了。

仿佛很久以前了，那时也是在一个寒冷的冬天。我答应了S长达四年的追求。

他在那年最冷的日子里很认真也很无奈地跟我说，除了和我在一起，他没有别的梦想。

我捧着他递来的热奶茶，看着他长长叹出一口气后的表情，看了很久，觉得心疼。

S一向都不是很会说话。单向思维，话不转弯，在一起的时候每次吵架，最后他都只是认错来收场。他没说过什么让我觉得特别有哲理的话，除了一句。

那是我们在一次吵架之后。

他说："体育课的时候撞你，早自习老是在小卖部碰见，大学进同一所，公交坐同一班。什么缘分，还不都是努力的结果。"

可能真让他说中了，我们之间，真是没什么缘分。

一旦放弃，一切归零。

同一座城市，那么长的时间，千丝万缕的联系，竟都换不来一次偶遇。

2013年的最后一天。Max从澳大利亚回来，又是一年中最冷的日子，他约我去解放碑听跨年的钟声。

Max是我高中同学，当然也是S的高中同学。

毕业前，听说我和S分开之后，他在越洋电话里长长地叹息。

那会儿他在大洋彼岸喜欢上了民谣，iPod里面存了几个G，微信状态隔天一换，不是"家里没有草原"就是"让我再尝一口秋天的酒"。他在电话里约我去听宋冬野的现场。后来一年之后他回来，唱《董小姐》的宋冬野已经开始了百城巡演，再也不是月薪不过两千的酒吧赶场歌手。约了那么久的现场也变成了演唱会门票。

时间，是这世上最奇妙的东西。你一眼没盯紧，它就让一切都变了。

我没有陪Max去演唱会。同样一首歌，不一样的地方听，感觉也是不一样的。何况民谣这东西有毒，听多了对忧郁上瘾。而那时候，我已经不想再忧郁了。

Max过完年就要回澳大利亚，跨年那晚我们见了一面，他还是一如既往地瘦，喜欢抿嘴的习惯也依旧没改。

广场人堆里的倒数计时结束后，我们回了曾经的高中。

印象中那地方扩修之后，一直没去过了。

可惜那天学校没放假，门卫不让我们进去。

Max一个劲跟门卫套近乎。

"嘿，哥，不认识我啦。"

"哥，我是这学校的啊。"

"唉，哥，你好面熟，我高二那会儿你是不是老爱端个茶杯站着抽中华？"

无奈门卫大叔一直一副冷淡的表情，最后不耐烦地摆摆手说："娃儿，我昨天才来上班的。"

我在旁边笑得蹲在了地上。

一丝不苟的门卫最终没让我们进去。

只能沿着外围的小巷走。

围栏不高，Max问要不要翻进去。

想到曾经高二有一次，为了出校过圣诞节，翻墙被教导主任逮了个正着。然后被罚抄政治书二十遍。我就摇摇头。

Max似乎也想起了，嘲笑地说："都不知道你那时候怎么那么笨。"

是挺笨的，被逮着的时候都不会撒谎。

教导主任远远地喊住我："同学，你干吗？"

我一只脚还没翻过墙，只能傻傻地坐在墙上，说："呃……那个……我校服掉外面去了。"

Max和几个别的同伙在下面听到，有种无法挽救的绝望。

"那次我帮你抄了三遍，手都酸了。"Max说。

"那次要没人帮我，肯定抄不完。"

"S帮你抄了十遍。"Max又说。

对呢，十遍，高中政治书多厚来着，那么不爱写字的人，那次他大概把这一辈子的字儿都写完了。

Max走着走着，停了下来。

巷子旁有栋老建筑，好多年了，一直没人住也没人拆。

铁梯旋绕上去，一碰，全是锈掉的铁渣。

Max和我爬到大概第十个阶梯的位置坐了下来。

以前住校的时候，我们大多买了午饭到这儿吃。

因为从这里看过去，刚好可以看到操场和我们的教室。

我那时候常在这里帮Max出谋划策给喜欢的女孩表白。

他的感情世界一直都不复杂，几年的时间里，他只交往过一个女孩。

后来和平分手，出国念书，又几年的时间他全心全意追着另一个女孩。

有次他在大洋彼岸的凌晨两点用手机给我看一个视频。

视频上他搞了一堆干冰在马桶里，整个厕所都冒着滚滚白气。

我说你干吗，电影看多了啊。

他说都是彭浩翔害的，妹都把不到。

我说你应该试着把头放进马桶里，说不定就把到了。

他不再回复。

其实那会儿他和他喜欢的女孩儿几乎已经心照不宣，离幸福好像只有一步之遥，但这一步却怎么都够不到。我那会儿才知道，他微信状态里那些有的没的民谣歌词，大概也真的是他的心声。

但我没给他讲过喜欢就追这样的话，也没想高中那样出谋划策给过他什么建设性意见。

那时候，我已然是个消极的宿命论者了。

半个身子吊在生锈的铁栏杆上的我，和坐在台阶上目空一切的Max，对面校园的夜景仿佛老电影一样重播着那些走丢在时间里的片段。

"所以后来你把头放进马桶过吗？"我问。

"我又不是神经病。"他说。

"你就是神经病啊。"我说。

"那你也是。"他又说。

那晚分别后，Max很快就回了澳大利亚。

那会儿他苦苦追求的大学同学，是一个韩国妹子。

他真是神经病，明明知道那妹子对她出轨的男朋友是犹豫不决，而对他，不过是有备无患。

我也是神经病，后来竟然还和他一起去了韩国，准备去人家妹子的婚礼上闹一场。

我们买了两张打折的廉价机票，凌晨出发，天刚破晓就到了仁川机场。打车从机场奔向江南区，过了跨海桥，过了汉江，破晓的曙光在车窗被越拉越大，很快撩过整片天空。我恍然看到青春最灿烂的那一刻。

到了江南区，一下车，初春首尔街头的寒风就把我们的气焰吹灭了。

最后我们不过是买了两瓶清河，坐在了江南一家酒店的门口，声泪俱下地怀念过去。

我们表情夸张，跟演戏似的，路过的韩国欧尼都被吓坏了，看我们就像看俩神经病。

大概也只能这样了，最后的一丝年少轻狂支撑着我来了。到了你的城市，看了那城市的日出，走了你走过的路。

不然还能怎样呢？

人生的剧本早就写好了，你有你的方向，我有我的。本该避重就轻地相遇，又不小心太入戏。最后你还是回到你的方向，我却不知该往哪儿走了。

"你说这世界上有真正自由的人吗？"

"有啊，疯子吧。"

"那我可真羡慕疯子。"

23岁的你应该是洒脱的
你甚至连行李都不带就坐上了去远方的列车
一只单反
一副墨镜
就是你的全部

别人说，年轻真好，拥有世界
但你知道，真好的是世界，拥有所有的年轻

成都

Cheng Du

春天是万物复苏的相遇

女斗士

老街是醒来的梦

春天是万物复苏的相遇

2014年的春天，我结束了第一份工作试用期，结束了几个月规律的社会生活。那会儿转正在即，工作很好，非常稳定，就是每天坐进办公室，未来的蓝图就摆在眼前那样的稳定。父母不理解，连朋友都劝我多想想。

但我到底还是走了。

从单位大门出来的刹那，对世界又重新燃起了探索欲。

如获新生，未来要长在哪儿不知道，但过去已经被我连根拔起。

去成都是为了帮身在成都的惠子送一些档案材料。她还没毕业就开始去成都实习，她想留在那儿，想得连一次假都不舍得请。

我本来只打算把材料寄给她，但她在电话里说，还是重庆话听着顺耳，成都这边的话太嗲了，说快了她也听不懂，这么久了，好像也没一个能真正聊天的人。

她说完，我就决定带着材料去成都找她。

决定得太匆忙，我几乎毫无准备。当天下午便拖着行李箱到了重庆北站。结果进了售票厅，每个售票窗口的电子屏幕上都打着一排醒目的红字：

今日重庆到成都的票已售完

我措手不及，又傻傻地走出售票厅。

那会儿已过4月，外面有些热。

很多人坐在门口。除了淡定寻找顾客的黄牛党，就是和我一样身旁放着行李，表情焦急而茫然的无票党。

有个大妈，小心翼翼地上前问："去成都？我有票，走不走？"

我很迟疑。毕竟这样的二手票我没有买过。看了两眼，摇头。

大妈停住看了我几秒，走了。

接着又来一个大姐，约莫三十岁左右。还是个孕妇。

一样的问句："去成都？要不要票。"

我认真地打量着她，天气挺热的，她穿了一件很大的T恤，但还是一直流汗，看得我有点担心。她却又重复了一遍刚才的问句，并有些不耐烦。

我依旧没回应。大姐真不耐烦了。

"我给你讲，你不买，你今天就走不成了。不晓得犹豫什么。就贵个几十块钱。不买你就等着明天走吧。"

最后一句话瞬间点燃我了。

气不打一处来。考虑到对方是孕妇。我压了压火。弯腰捡起脚边一个不知道谁乱丢的空瓶子。

女汉子被我突然的大动作吓了一跳，以为我要干吗，退了几步。

我拿着瓶子走到垃圾桶旁，重重朝里面一扔，瓶子触到垃圾桶壁，很大一声响。

瓶子撞到垃圾桶的响声让我觉得很解气，丢不了你，我丢瓶子行了吧。

女汉子愣了几秒，低语着："神经病。"然后走开了。

我对着她的背影低声说了句："姐让着你。"

手放下来的时候，眼神晃到对面树下一个穿粉红色polo衫的男生正对着我笑。

瞬间尴尬蔓延，我拖着箱子往另一个方向走了几步。

原地徘徊，又等了很久。

期间依旧不乏大叔大妈来问我要不要票。

我也不知道当时在坚持什么，一直观望，不肯点头。

后来我陆陆续续问了他们很多问题。

例如大家都买不到，为什么你们有？

再例如我怎么确定是真的票，拿了钱给假票，一会儿我上不了车怎么办？

然后黄牛党给我各种千奇百怪的答案。

综合一下，我得出结论。

反正，他们有票，并且能确保我上车就对了。

又过了半小时，我也待得有点不耐烦了。

然后之前问过我要不要票的一个大叔又来了。

"走吧，妹子。再犹豫会儿，真走不了了。"

我看了一下表，快三点了。

"你真有真票？"我还是很迟疑。

"放心吧，绝对能上车。你看，我又不止你一个顾客。"说着他往那边一指，然后我看到树下站了四五个男男女女，提着行李箱，背着背包，一副光鲜亮丽的游客打扮。

我心里有了些底，便点头成了他的顾客。

这一点头，我就瞬间失去了主动权。

票贩子把我带到那群游客中，然后让我们交出身份证。

一个中年男人问："你还拿身份证干什么？"

"哎呀，大哥，现在买票都是实名制，你不晓得么？快点吧，等会儿来不及了。"

中年男人犹犹豫豫地交出身份证，其他人也陆陆续续地掏出来。

我还是有些犹豫。手放在包里，但没动，然后手肘被人碰了一下。

我转过头，是那个在树下穿粉色polo衫的男孩子。

"给他吧，我们这么多人呢。"男孩子笑着说。

想到之前他看到我的样子，又觉得尴尬，机械地从包里摸出身份证给了票贩子。

票贩子拿了我们的身份证走了。

一群人留在原地等。

同是天涯买票人，有了共同的起点和目的地，大家很容易就聊了起来。

"现在票真不好买。""就是，这些人都怎么弄来票的？""说是内部渠道，又说是之前用别人的身份证买了很多张。""不是骗子吧？"

虽然没有发言，但我站在人群里很认真地听，感觉学到了好多知识。

我用余光瞟了一眼粉色polo衫，他戴着耳机和他另一个同性朋友安静地蹲在树旁。

然后票贩子回来了。

远远地看见，一群人就草草结束了从黄牛票渠道到各自工作地点的探讨。

票贩子将身份证和印着各自名字的票分发给大家。

然后催着给钱。

细心的中年男人立刻发现端倪："唉，怎么终点站不是成都？"

票贩子没有半点惊讶，甚至都没有看一眼，继续低头数着钱说："今天人太多了，全票根本买不到，只有转站的票。现在动车上车后基本不查票，你们常坐的都知道，所以没问题的。"

票贩子的语气淡定自若，好像一切都是理所当然。

"那不行，到这个站的票价才十几块。我们要拿一百来买？"另一个约莫二十七八的男生有些怒气地说着。

票贩子摆摆手说："算了，这票五十给你们，爱要就要，不要拉倒。莫说这票，你们现在自己买可能连汽车票都买不到。"

大家犹犹豫豫，最后还是都给了五十，拿了一张只值十几块的票。

"唉，太坑了。""有什么办法，赶着回去啊。""车上是不是真不查票，万一查到怎么办？"……

一群人依旧各种讨论着，往候车厅走去。

我心里又开始没底，紧紧跟着大部队，丝毫不敢松懈。

票是真票无误。我们很快上了车。

都是站票，一堆人全站在了一起。

车缓缓启动，我才稍微放松。戴上耳机，随意放了首歌，又开始摆弄相机。

中年男人递给我一个凳子，说："坐吧，妹子。"

我说了句谢谢，坐了下来。大家站的站着，坐的坐着，天南地北地聊开了，又开着各种买黄牛票的玩笑。

粉色polo衫的朋友也加入聊天，而粉色polo衫还是蹲在我对面继续听歌摆弄着iPad。

轻松的时间过得很快，剩下的全是难熬。

过了永川站以后，中年男人提醒我们，要紧张起来了。因为可能会查票。

一群人开始商量对策。

我莫名地竟因紧张变得有些兴奋，加入谈话共谋出路。

年老一点的，比较坦然，说查到就去补票好了。

中年男人带头反对，说这不公平，这样一来我们就花了两倍的价钱买这张票，还是张站票。

几个年轻人热烈响应。当中也包括我。

这时，恰逢两个乘务员路过我们身边，其中一个对另一个说："今天人怎么这么多，估计要通知查票了。"

我们都听得清清楚楚，互相对视，愣了几秒。

我莫名地被戳中了笑点，接着大家都笑了，也包括对面蹲着的粉色polo衫。

中年男人安排，一会儿乘务员过来之前，我们就散开，不然挤一起目标太大。

一个男生问他："那去哪？"

中年男人说："别的车厢，今天太多人站着，一两个人，乘务员不会记得谁检谁没检过，如果有没人坐的空位，就去坐着，一般坐着的不会被查票。"

刚说完，这节车厢的末尾处就有两个乘客因为座位起了争执，同一个座位号，竟有两张票。想必都是黄牛的恶作剧。

我们在还没把乘务员招来之前，都匆匆散开了。

中年男人回头对我们小声说了一句："保重了各位。"

一个男生回应道："自求多福了各位。"

莫名又戳中我的笑点。

分散后，我一直往前走，紧张的情绪让我根本停不下来。

从12号车厢一直走到了5号车厢。

还继续往前走的时候，粉色polo衫忽然窜到我前面。

"别走了，这么一直走，更明显。"

我这才停住了。

粉色polo衫和他朋友一起跟在我后面。由于走得过于紧张，我竟然没发现他们一直跟在身后。

我们选在车厢尽头的厕所门口停留。

粉色polo衫摘掉耳机跟我聊天。

窗外的光透过玻璃打在他身上，他皮肤很好，白得很透，像个女孩子的皮肤。身上那件粉色衣服也很衬他。

"在成都读书？"

"不是，过去玩。"我说，"你呢？"

"我成都人，在重庆读书，但现在不念了，准备自己回去做点生意。"

有一句没一句地聊了一会儿。粉色polo衫说要上厕所，走开了一阵。

回来的时候，手上拿了两瓶阿萨姆奶茶，走到我面前后递了一瓶给我。

他那在一旁话很少的朋友，突然说了句："你在厕所买的啊？"

粉色polo衫拿瓶子戳他。"你不说话会死啊。"

然后两个就推推挤挤地闹着，像两个小孩子。

这场景很熟悉，总觉得似曾相识。

我没有推辞，笑着接过那瓶奶茶，说了声谢谢。

我和两个男生聊着大学生活。不知不觉竟过两个站。

而我们这节车厢一直没有乘务员光临。

车在倒数第二个站停了几分钟，车厢下了一些人，又上了一些人。反而人更多了。我们站着的位置都有些拥挤了。

然后一个面熟的人挤到我们旁边。粉色polo衫一眼认出是之前一起买票的女孩子。

打了个招呼，女孩儿也认出我们。笑着说："被逮住了吧，我刚刚补完票，好像全军覆没了。"

我有点惊讶："我们这节车厢没查票啊。"

"是吗，那可能人太多，没查过来吧。"女孩儿说着。

粉色polo衫笑笑说："那还不算全军覆没。"

车子重新启动，下一站就是成都了。

我们三个都有点窃喜。

这时走过一个乘务员，应该是巡视，走得很快，也没让我们拿票出来检。

然后又来一个，也没检票，但使我们刚松懈下来的神经又开始绷紧，然后一紧再紧。

到成都还有四十分钟。

这四十分钟内，不断有乘务员来来去去经过我们。我们的精神一直处于紧张中。

粉色polo衫说："要是这会儿还被发现去补票，那就真的冤死了。"

他朋友突然眼睛一亮，说："要不我们一起躲进厕所吧。"

我愣住了。

粉色polo衫也愣了几秒，然后拍了一下他朋友，说："人家是女孩子。"

"那又怎样，又不会有人看见。"他朋友说。

"这，这么多人，不是人啊。"他说着又去拍他朋友脑门。

时间在紧张中走得虽然缓慢，但好歹没有停留。

还有二十分钟。

这时远远的5号和4号车厢交接处，一个乘务员，正拿着补票器动作娴熟地挨个检着。

我们不约而同地都站起来。

我们朝着反方向往6号车厢走去。

粉色polo衫在我前面，然后，走着走着，他停住了。

6号车厢也有乘务员在检票，而且离我们已经很近了。

前无退路，后有追兵。也不敢动作太大地退回去，太明显。

游戏结束，我几乎放弃，准备主动上前补票。

谁知粉色polo衫忽然转身，然后就把我往旁边一推，旁边刚好是6号车厢的厕所。

没有人，他把门一拉就把我推了进去，关门的时候说："叫你你再出来。"

我点点头。

接下来的时间我很安静地待在厕所。中途门开了一次，进来的是我的行李箱。

大概过了十分钟，我觉得车已经开始变得缓慢，想必是要到了。

粉色polo衫一直没来叫我。

等不下去了，还是开门出来。

门口已经挤了很多人。

乘务员在通报，终点站成都东已到。

这意味着，我安全了。

我在门口排队的队伍里找着粉色polo衫的身影。无果。又望向车厢里边，也没有。

站进排队的队伍，车停定之后，我随着人群缓缓下了车。

走了一路，依旧没见粉色polo衫的身影，只有那瓶还没喝完的阿萨姆在手里。

站门口，惠子已经在等我了。

我边走向她边左顾右盼，惠子问我在找谁。

我摇摇头。

他或许跑到别的车厢，或许去补了票，或许他也成功地躲过了。

但我已经没有机会再知道了。

女斗士

在成都的几天，惠子本来是说要天天陪我的。

她也做了一些旅行规划，说要带我好好玩玩这地方。然而也是在看了她那计划后才发现，对于成都，来了快半年的她唯一的了解也就是："这里的人说着和重庆差不多的话，但说快了总听不懂。"

后来我们一起去了欢乐谷，她看着六十米跳楼机的惊恐和兴奋劲，仿佛她才是远道而来的客人。

那时候，惠子是连请假都不会请全天的好员工，若不是我来，这一整年的全勤奖都是她的。

她一向很拼。

上大学那会儿，我一帮酒罐子姐们儿里，只有她在酒桌子上从不来虚的，端多少喝多少，但从来没见她醉过。

喝酒她拼，专业她也拼。

大二专业辩论赛，我们这级参赛的人中有一个是内定。内定那人是赞助方的关系，平时科目不怎么好，上课也来得少，惠子一封信写到比赛主办方，硬要公开选。对方碍于公众影响，取消了内定者的资格。副校长亲自来系里了解情况，辅导员差点气吐血，压了她的社团修分，导致综合测评她以细微差距丢了那一年的奖学金。

拼得两败俱伤。

认识的都劝过她，做人不要那么固执。

但她也没听过，依然那么固执。

这家公司实习是惠子大三下学期就相中的，毕业后被分到成都分公司。本来她是不想来成都的，前一天我们在学校门口的酒吧喝酒时，她连辞职短信都编好了，但第二天领导发信息说过来就转正，再好好想想。

这一想，她就来了。

公司没有宿舍安排，她就在公司附近租了两室一厅，为了减轻负担，她把另一间租给了一个东北的女孩。结果那女孩待了两个月，工作没转正，老家的男朋友叫她回去，她就回去了。

走的时候，突如其来，悄无声息，欠了惠子一个多月房租就绝尘而去了。惠子那会儿给我打电话，到没有多生气，只是一个劲儿地可惜。

"叫回去就回去了，那当初出来干吗来了？"惠子说。

这样的女孩儿，惠子是理解不了的。

她在成都的生活，基本只是三点一线，公司，家，偶尔跑跑有关部门和客户。都说成都生活节奏慢，成都人民总是分外关心窗外的银杏是不是黄了，油菜花是不是开了，下雪了请假，雾霾大了也请假，但关于这些，惠子一点没有被熏陶到，她的箭好像一直在弦上。

其实她的适应能力也没有多强，只是她也不需要适应更多别的东西。

晚上睡不着一起窝在沙发上聊天时，她说当时她实习的时候其实没想过能转正，像这样有名的律师事务所，大家都挤破头皮，和她同时进的关系户都没转正呢，怎么可能轮到她。

所以那条领导发给她的短信，她看了很多遍，放下手机后，就来了成都。

大包小包的行李拖到成都北站的时候，她像一个圣斗士。

家里也不是没催过惠子回去，父母都是老实本分的普通职工，在重庆尚没背景和人脉，何况在成都。惠子一个女孩，离家那么远总是要担心的。最好就是回去，守在他们身边，考个教师证或者去事业单位做做行政，工作也轻松，年龄合适时结婚生个孩子给他们带，这样就够了，他们不奢求别的。

惠子每周给家里打一次电话，大多报喜不报忧。但即便是报喜，电话那头的父母听了也并不觉得多欢喜。只会嘱咐惠子要在家做饭，不要吃外面的东西。

几天前惠子才跟她爸妈打了一个电话，那天她刚出完一次庭，回来之后一脸兴奋说请我吃好的，这次胜算很大。我也跟着兴奋，晚饭时点了一桌子酒。

电话是吃饭的时候打的，惠子满腔热血地报喜，聊着聊着，变成了吵架。后来惠子索性不再回话，按了免提，把电话放在桌子上。

电话里是惠子母亲的声音："你不要这样，不指着你干出什么大事业，身体好才对得起父母，做不下来的工作就别做了，不用处处和他们争，他们有权有势，我们就本本分分，知足常乐。"

是些很暖的话，没什么问题。

但仿佛一盆冰水泼灭了电话这头的情绪亢奋。

"瞬间，我就后悔打了这通电话。"惠子说。

我给惠子倒了一杯酒，惠子二话不说仰头就喝了。放下酒杯的时候，她脸上挂着一行水流过的痕迹。"你丫喝酒还往脸上喝啊。"我说着，递给她一张纸。

其实惠子母亲在挂掉电话后也会担心些什么吧，而惠子挂了电话后，第二天仍需要像一个圣斗士一样把一张充满朝气的脸摆在客户面前。

父母，也是第一次做父母。

他们希望你过得好，所以用他们的经验选了一条最好的路，却忘了生活，终究是我们自己的生活。

老街是醒来的梦

龙泉驿的老街，是误打误撞闯进去的，就在我百无聊赖地离开洛带古镇，在附近的街道上闲逛的时候。

当被商业包裹的古镇越来越多，真正活着的古镇就越来越少。

龙泉驿那条老街上没有游人，只有下棋牌的大爷和遛弯儿的街坊。

斑驳的白墙，转角的青苔。似曾相识的画面，久违熟悉的味道。

小时候外婆带我住在这样的老街弄堂。

记忆里，外婆爱在门口的竹椅上给我织毛衣，绣布鞋。

厨房也是在外面的，外婆做饭的时候就把我放在米缸盖子上，然后我就到处乱爬着玩，经常稀里糊涂地就掉进米缸里，自己又爬不出来，还不会说话，只听到外婆在外面叫着我，却不知要做出回应。

后来，外公用废旧的轮胎和麻绳在院子里给我做了个秋千，这才解决了我掉进米缸的问题。

外公不爱说话，但有很憨厚的笑容，从来都笑着面对我。

他下班回家会偷偷带着我去钓鱼，去吃冰棍。被外婆发现后，他就傻笑。

小时候我身体一直不太好，不能吃冰的。外公会认真地跟外婆保证下次一定不再这么做。

但我知道的，每当牵着我路过卖冰棍的小贩时，他又会下意识去看我垂涎欲滴的眼神，随后从口袋摸出一个布钱包，从外婆给他的为数不多的零用钱中数出几张给我。

记忆里，每个夏天外公都会把外婆做的泡菜，搬到门口，几个坛子排成一排。

弄堂的大妈大婶路过的时候总会夸我外婆能干，泡的菜颜色真好看。这时候，我就会很得意地跑去揭开盖子，泡菜的香味顿时溢出，大婶们更是赞不绝口。我就更得意了。

外公明知泡菜坛不能常打开，但他从不怪我，每次我揭开过后，他就去重新换水，密封。

然后对我笑。

他休息的时候会端个凳子出来坐在外面，拿老花镜看着手表之类的东西修修补补。

我也就会搬个小凳子出来，陪着他看。

他笑着问我，你在看什么。

我指着他额头的皱纹，一条一条地数。

他继续笑着说，外公老了。

到了上学的年纪，我被接到父母身边去念书，只有寒假和暑假才能回到老家去。

没到上中学，外公外婆也搬到了楼房里。属于儿时童年的老平房在那一年暑假要被征去改造，老房子周围在那一个暑假热闹极了，好多老人的儿女都回来了，有的一家人开开心心和街坊告别，有的一家人吵得不可开交。从大人们的只言片语中，我大概了解到，根源都是因为有一笔可观的安置费。

只是我和周围几个要好的小伙伴可能是最惨的，我们既没有开心，也没有吵架，只是常常坐在台阶上发呆。偶尔也会流一些泪，尤其是当某个小孩说道："以后你们都吃不到我爸炸的小鱼了。"听这样的话时，大家都会哭得稀里哗啦。

那个小孩的爸爸是这条老街上最会钓鱼的人，总是能钓一大篓子，抹点盐一炸，就给有小孩的人家都送点去。

他也是我唯一一个在心里承认钓鱼比外公厉害的人。

在大人们忙来忙去的空当间，外公带着我偷偷溜开，沿着石板路的坡顶上上下下地去每一间房里道别。

住最顶上的一个爷爷我叫阿公，比外公还大二十来岁，说来跟我家还有些远亲关系，平时爱拄根棍儿，胡子留得很长，表情特别严肃。因为他家人平时隔得比较远，所以很多时候外婆做了饭还让外公给送上去。那老头非常严肃，我和小伙伴每次爬到坡顶去玩，他不是用拐棍把我们吓走就是一个人坐在院坝里面无表情地看着远处的山。

这次听外婆说，政府拆迁的协调员过来，刚进门就被他用拐棍打出去了。

任周围怎么喧嚣，顶上的小房子依旧安安静静的。外公从房里端了小凳子出来坐在阿公旁边，陪他一起看了远山很久。走的时候，外公从口袋摸出一把红色的票子塞到了老人手里。

老人依旧没说话，依旧看着对面的山，只是情绪激动地将手中的拐棍不停地往地上杵。

后来，我们都离开了老街，再回去的时候已没有老街了。

那几年高速发展的城市像一只钢铁巨兽，吞掉了所有柔软的小世界。

老街坊、小弄堂，隔壁那个喜欢自己乱编故事给我讲的姐姐。

白墙黑瓦越来越模糊，最后成了在回忆深处飘着的几缕炊烟。

龙泉驿这条街和我记忆中的老家重合，它的石板路也顺着山势往上走，虽然不似重庆老家那样的坡度，但两边的老房子一如记忆中的样子。

门大开着老板却在路边看人打牌的台球室，一面镜子和一把椅子的理发摊。路过的露天灶台旁，老人在摘着青菜。敞开的木门外，妇人在屋前晒着豆瓣。

送水的年轻人骑着自行车给独居老人搬运水桶。

穿棉布衣裳的小孩在木门前吃着雪糕。

这样的地方更有人间的温度，而那些存在脑海的画面就像柜子里的老相册，如今成了我唯一能再与外公的笑容相遇的地方。

如今我常常翻开那些发黄的相册
如今也只能翻开那些发黄的相册

远方的风吹到旷野的田坎上
干枯的种子被风扬起，再落下
咬紧土壤
和这片天地混在一起
像你

我依旧不喜欢春天，总在滴着雨水的屋檐
但我喜欢看屋檐下的你，你计算着天晴的日子里要发生的事情
收麦 翻地 晒玉米的时候也晒晒自己
发霉的味道扎进木头里
拔出来是湿漉漉的回忆

半山上又多了几户新人家
新砖新瓦
院子里几个小孩和一位老大爷玩耍
路过的时候
小孩对我笑

如果你在

你肯定能叫出那小孩的名字

你对这里的一切都了如指掌

甚至天气，甚至土壤

但现在都不重要了

很多年后

那些新房新瓦也不过是那么多废墟中的一片

有些人说你后来糊涂了

其实糊涂的是我

总以为我才离开没多久

没想让你一等，就等尽余生

越南

关于杜拉斯

杜拉斯说她和她的中国情人是宿命，而她和海伦，也是。

那年她十五岁，金边高跟鞋上是仍未赶上发育的小孩儿一样的身体，她对她单调的身躯是不满意的，就像她不满意永隆四季如一的让人觉得枯燥的热。她说那是种迫害。

她总是在幻想拥有海伦……拉戈蒂尔。她不惜笔墨描绘在她幻想的场景中，海伦凹凸有致的曲线是如何让她神魂颠倒。她甚至愿意把海伦送到她情人哪里，和她共享那些每晚都在永隆骑楼下的单身公寓里发生的那些拥有天堂般乐趣的缠绵。

第一次读杜拉斯的时候，我还不满十五岁。

我始终不敢想象她想和海伦同时共有她的情人。

同样不满十五岁，我看了杨·谬塞尔的《两小无猜》。

小朱利安从学校回来后一口气跑到大部分住着波兰人的法国贫民窟前，对着那上百个窗户大声背诵《乘法表》，1乘7，2乘7……

小男孩的声音在四周严肃而呆板的楼板间回荡了很久。

终于，那个波兰小女孩在一个不起眼的窗户上开始念出答案。

很少的，可能永远没有第二个，那些能听你说话，又能回答你的人。

而杜拉斯一下拥有了两个。

十五岁之前我总是不喜欢《情人》的结局，就像我也一样不喜欢《两小无猜》里朱利安结婚的片段一样。

看到那些不愿意看的，我总是莫名紧张并且内心深处有股反抗的力量。

在我年龄小的时候，我常常这样。有时候是电影，有时候是书。

后来倒是习以为常了，不知是看得多了，还是想得多了。

总之，我甚至还会故意去看那些曾经让我百般反抗的片段或文字。

仿佛所有的精华都在那里了，也仿佛是故意去看看，我还有没有那样的反抗的力量。

没有那些残缺，结局就只是普通的结局。一文不值。

我也觉得杜拉斯没有好过《情人》的书了，就像杨在《两小无猜》后再没有经典一样。

都结束了。

一个研究哲学的自闭天才少年在某个时期接受了心理治疗后，滔滔不绝地与人讲人生感悟、天文地理、宏观细微，他甚至和蚂蚁聊三维世界的趣闻，和无可救药的浪漫主义者聊《马拉之死》，他滔滔不绝几个月。然后戛然而止。

　　他大病了几天，从此，成为一个不再哲学的普通少年了。

人间温差

海伦来自越南大叻。

那个在山上的小城，曾经因法属印度支那总督在那儿兴建高山避暑胜地而迎来大批法国移民，而如今堆满鲜花盆景市场和各国游客，殖民的影子只剩那些落了灰的法式洋楼教堂和修道院。

那里四季都被压缩进了一天，没有终日炎热的迫害，花开得很美。

1

第一次到大叻，是和V，在两年前的春节前夕。

那段时间工作压力比较大，几个新项目的跟进都安排在我身上。上海，成都，往往返返，基本没有周末。老领导晋升去上海总部，新空降的副总有意树立形象，揽了一堆事情，压得几个部门天天加班。

午休时间和市场部的同事在走廊抽烟。

三个大冬天还露着脚踝的女人，一边被走廊的风吹得直跺脚，一边狠狠吸着烟抱怨工作。

　　"最近一直出差，感觉气都喘不上来。"

　　"知不知道我们今年市场部的指标，那位大佬年中跑来，下了两年都完不成的任务。疯了。"

　　"最讨厌空降兵，一点不了解情况，就知道在总公司面前挣表现。"

　　"哎，不想干了。"

　　"当真？那你去辞啊。"

　　"你赌我不敢去啊，明天就去。辞了我就学人家骑行西藏去。"

　　"哈哈哈……你去，辞职信就写'此去西藏几千里，生命短暂，路太远，耽搁不起'。"

　　"哈哈哈……我看行，就你这文采你也别在这儿埋没了，走走走，一起去西藏。"

她们这样嘻嘻哈哈地闹着，安全通道的门被她们从里面关了过来，烟雾缭绕的狭小空间，不时有冷风从四面八方的空隙侵入，脚踝有点冷，但被风吹着吹着，倒也习惯了。

那会儿公司在成都三环内的一栋普通CBD里，就在三层，但她们仨都不爱在公司那层楼的走廊抽烟，而是跑到顶层。各自的原因不同，一个因为讨厌和男同事共处一个抽烟环境，一个怕被领导看见影响她在公司的乖巧形象，还有一个，只是因为喜欢天台。但当时公司那栋楼的天台是上不去的，被锁了，这让她一度觉得很可惜，后来这长久的遗憾在无限被提起之后就放大成了辞职的理由。

但辞职是后来的事，当时聊天的时候，我没有这样的想法。2014年到成都，半年时间换了两份工作，这让我爸已经连续两个月不接我电话了。我妈在电话里说："你怎么那么不听话呢，你想要干什么都让你去了，踏踏实实工作，一切走上正轨后，回来跟你爸认错。"

那段时间难受又困惑。

我可能是真有错，但我却找不到认错的机会。大人们总是那么聪明，人生这么抽象的定义，什么才是正轨，他们一直表现得那么清楚。

一份做到直接退休的工作，五险一金要齐，这样不吃亏也有保障，处一个能在28岁前结婚的对象，对象各方面要大家都满意，这样30岁之前有个小孩，男的女的不重要，重要的是二孩政策来了，35之前还能考虑再要一个，有了小孩之后，工作家庭两边顾可能有些辛苦，但谁不是这么过来的呢。房产不一定多，但有一处一定要大，这样父母小孩能一起住上一段时间。最好有个小花园，老人带着孩子在阳光明媚的早晨种花，碎花桌布上放壶父亲喜欢的茶，伴着花园的香气，笑容描在他们满是皱纹的脸上。那时候他们年事已高，再无更多想法，只觉得我是走在正轨上的好孩子。

我也从来不想做个不走正轨的孩子。我甚至愿意先去走完那样的正轨，再来过自己的人生。如果我有足够的聪明才智能节省出足够时间的话。

所以，俗世一切的苦果，可能只是因为我不太聪明，没有慧根。

总之那个冬日午后，在走廊里抽烟抱怨工作的三个女人，第二天还是顶着微微因睡眠不足而水肿的脸安分埋首于各种表格和文件里。

两个月后，网络上一封辞职信火了，只有十个字，说世界很大，想去看看。一如我当初跟同事建议的内容一样，简明扼要。

然而我们也依旧只是在午休时间烟雾缭绕的走廊聊着这样的事情，嘻嘻哈哈打发一个午休的时间。

2

那阵子V的工作也不好做。尽管他从来都不在我面前流露工作情绪，但不喝酒的他，那段时间总拉着我去酒吧。然后，他在酒吧里呷着饮料，若有所思，眼神总是游离的，仿佛饮料也醉人。

回去的时候，已是深夜，我再次坐进他的车里。成都的冬天一年比一年冷。

"想辞职。"
"好。"
"不问为什么吗？"
"问了你就不想辞了吗？"

那时候还能支持我辞职的，大概只有V了。当然，也有可能他真是喝饮料喝醉了。

"今年冬天好冷，不如去个暖和的地方过年吧。"
V说。

于是，不久之后我就和他去了越南。

从河内转机到大叻，接我们的车沿着机场高速进入国道。漫天繁星盖在车顶。

那是2015年的除夕前夜，越南机场的风狂乱但温暖。一句英文都说不好的当地司机手舞足蹈地跟我们说，明晚春香湖会有一场很大的烟火表演。

他充满向往的表情和手舞足蹈的动作，像极了一个虔诚的教徒在宣扬某种仪式。

记得小时候的春节都是要去看烟火。

小时候住在离城市很远的矿山，那时候矿业效益还很好，人很多，学校有两个。大家都彼此认识，不熟的也至少见过一面，熟的就基本可以说是知根知底。

每年春节的时候非常热闹，尤其是对于小孩，除了满街遇到熟人都可以收红包以外，还能玩到半夜12点。男孩子把鞭炮丢到汽车轮子下也不会被骂得多惨。到处都是热闹喜庆的，没有家长会把孩子弄哭。

烟火开始前是除夕夜的联欢演出，天一黑，厂里联合两个学校一起办的演出就在职工体育场上演了。

我们学校的节目我多数是要参加的。有时候是合唱，有时候是齐舞，也做过一两次主持人，那个演出总是要四个主持，两个大人，两个小孩。我并不喜欢做主持，因为总是很紧张，补了又补的口红让我很不舒服，嘴巴老是不自然地张开着，而且中途不能和小伙伴去角落里放小烟花。但每次选了我，父母又是不允许我拒绝的，他们喜欢看我播报节目，他们的同事们好像也喜欢，总是在表演后的第二天遇见我时夸上几句。但担心忘词的人却永远是我，紧张得几晚睡不着的也是我，如果因此耽误了每天的功课被骂的还是我，这大概是那时候属于我的关于春节的最大苦恼。

不过好在演出结束后就轻松了，最后的烟火是我最喜欢的节目，那时候我不用担心下一个节目我记不记得几时进场，串词会不会念错。我只用数着放了多少颗，哪一颗散得最漂亮。

烟火在天空绽放的同时，场内还会"打铁水"，那是最让那时的我肃然起敬的一个节目，硕大一个炼铁炉立在烧得通红的大煤炉子上，熊熊火光让最调皮的男生都敬而远之。两个上身赤裸的彪形大汉一左一右地抢着大铁板子，一朵朵铁水花就顺势绽放开，在半空中开出辉煌滚烫的巨大花朵，像来自远古的神一般庄严。让我油然而生一种几近仪式般的崇拜。

后来，我离开了矿务局，就再也没有看过这样的仪式了。

可能城里太挤了，容不下这样大的炼铁炉，也可能只是容不下那铁水绽放后从天而降的灰烬。

3

大叻果然是温差极大的地方，这样的天气让人很容易为穿衣烦恼。

街上的人总穿得奇怪，外国游客凡是亚洲面孔的，都爱穿冲锋衣，欧美面孔的喜欢背心短裤布料越少越好，当地人就更五花八门了，有的还在短裤短袖，有的把冬季压箱底的棉衣都拿出来穿上了。满街乱七八糟的衣服，让人对季节的感知都混乱了，看上去很好笑。尤其是那些穿着羽绒服和呢大衣的越南女青年，这样一来，不禁让人想要是他们去了这个季节的成都要穿什么，还有那些下雪结冰的地方。

但或许他们并不觉得这样奇怪，一天能穿几个季节的衣服对他们来说才是常事，而像我们这样每一个季节时间里都是差不多衣服的人来说，才是奇怪又无趣。

但同样是天气的缘故，这里的植物却长得非常漂亮。

光合作用和呼吸作用的价值，总是在阳光最灿烂和夜晚最黑暗的时候体现。

无论是路边的园艺绿化，还是沿街法式小洋楼上的私人花园，这个城市被各种颜色的植物点缀得像童话世界。蝴蝶兰、吊钟花、绣球、三角梅，充斥在城市每个角落。树精灵城堡一样的crazyhouse，颜色粉嫩的修道院，看上去几乎和巴黎那个差不多的小埃菲尔铁塔，以及那些蓝蓝白白的别致教堂，这些人类费尽周折建立的东西不过都是童话剧里的旁白，而那些色彩缤纷的鲜艳植物才是主角，悄无声息地生长，然后惊艳人间地出场。

拜天气的恩赐，这个小城几乎包揽了越南所有鲜花的产出。而这个小城白昼和黑夜所产生的所有能量，也变成艳丽的色彩随着那些花去到更远的地方。

白昼之光，不懂黑夜之深。

所以自然需要孕育植物。

这些五颜六色的生命，生来就和别的生命不同。它们总是一半阳光，一半黑暗，一半温暖，一半寒冷。叶每靠近阳光一寸，根就扎进黑暗一分。它们一点一点领会着昼夜冷热的奇妙，再展露一小部分撩动世人。

人就没有那么幸运了，不会光合作用，甚至常常躲着太阳。呼吸倒是要呼吸的，只是太冷或太热都会让他们的鼻子觉得不太舒

服，昼夜的差别，让他们顶多只是多穿几件漂亮衣服，多看几眼艳丽的鲜花。

文明的娇气，让他们离自然之美越来越远。

4

对玛丽亚修道院的突然造访，是大叻午后阵雨的安排。

那场午后的阵雨从我走出街边的咖啡馆时就开始下，原本去火车站的计划破灭了。打的出租车半路调头去了修道院。

我甚至不知道那天修道院是不对外开放的。粉红色外墙前下车，靠近大门，一把大锁在门上格外耀眼。又从侧门绕道过去，来来回回走了半天，最后是一个出来接水的年迈修女给我引了路。

那天修女们有人过生日，既没有祷告也没有弥撒，厚重的木门和生锈的铁锁后面，是一群着深蓝麻布衣服的女孩子们在充满热带绿色植物的院子里围在一起，有说有笑，还有粉色球。

这是一个非常私人的party，她们如此专心地欢乐着，以至于没有发现一个陌生人的闯入。

年迈的修女让我小声点不要打扰她们，可以在前院参观，后院就不要去了。她没说一句英文，甚至自始至终没吭一声，但眼神往来和几个简单的手势间，我们就完完全全地明白了对方。

这种默契我一开始就预想到了，在我看见她端着水瓶从侧门出来的时候，在我穿过门缝急于探求门内一切的莽撞眼神遇到她缓缓投来充满理解的温柔眼神时，这种默契就存在了。

年迈的修女用打来的水拧干一条毛巾，递给我，示意我擦一下之前被雨水淋湿的头发。

雨水淋湿的头发和衣服被雨后的风一吹，冰冷地贴着我的皮肤。

我接过毛巾，让人觉得舒服的温度从手上传来。

我想，她是一个温暖的人。

5

除夕当晚，我和V去的时候才晚上9点就到春香湖。

离12点还有三个钟头。但那算不上多大的湖边上已经堆满了人。有的是情侣，有的是一大家子，摊一张桌布在草地上，上面摆满了春节吃的传统点心，黄黄绿绿的，裹着芭蕉叶。草地与马路接壤的地方有很多掉落的青翠绿叶、散落的花瓣和一些折断的小树枝，一些路过的越南人就捡一两枝。而更多的人都是手拿着绿色的叶子或树枝，围着这湖一圈一圈地散步。

那晚湖边一下从白天的三十几℃变为二十来℃，是那种认认真真呵一口气，可能都会看到白烟的温度。只穿着单薄外套和短裤的我，只想往人多的地方挤。

我拉着V一下扎进了转圈队伍里。

但离开人群站着，只会更冷。

湖边有很多卖小吃的摊贩，还有套圈和打气球的，就像小时候春节大庙会一样。

在路边买烤鸡肉串时，一个年轻的越南男孩递给我一根还有绿叶的树枝，并用英文说，新年快乐。

我有点受宠若惊，顺手把另一只手上还没来得及塞嘴里的鸡肉串递给他。他哈哈笑着摆摆手。

"新年快乐。"他又说了一次，然后一溜烟跑回了他的朋友堆里。

通常是送花，大概只有在春节时分的越南，才会遇到送你树枝的路人。

越南春节有个"采绿"的习俗，以前都是去野地采点树枝，嫩叶之类，在越南，春节的祥瑞，是一年郁郁葱葱的开始。

手上的鸡肉串下肚，只剩越南男孩送的绿枝，感觉似乎也没那么冷了。

我想，那男孩也是个温暖的人。

春香湖边的烟火在12点的时候准时绽放了。

记得有一年守岁过了12点，在全家的带领下第一次放烟火的我被烫到了。我就看着那些冒着火星的花朵太漂亮了，于是伸手去抓了一下，接着，我没哭，只是一个劲儿傻乐。

还好那会儿戴着厚厚的手套。后来大人看见了，问我痛不痛，我就笑，倒是大人们紧张得很。

其实小孩子的开心很简单的，简单到你很开心地看着他就够了。

人群的声音随着烟花的炸裂而此起彼伏，我在想那空中绽放烟花绽放的刹那温度有多高呢，是不是和那冬日的人间一中和，兴许刚好就是那年我在全家人的寒暄中隔着手套握住了火光的温度。

比星空更耀眼的烟花和比烟花更沸腾的人群，像是远道而来给我说了句"久违了"。

沙漠边的渔村

　　美奈是越南的一个渔村，公路沿着海岸修，不大，租两辆摩托，只半天光景就能绕一整圈。

　　白天阳光充足。深夜海风微凉。

　　美奈还有两个沙漠，一个大些是白沙漠，一个小些是红沙漠。有趣的是，白沙漠的沙真的是白色，红沙漠的沙也真的是红色。

　　红沙漠离我们住的地方近，每天总要去上一两次。那里有很多拉客滑沙的越南小孩，小的成天挂着鼻涕看上去也就四五岁，大的快有我高了，十几岁的样子。经常拉客的缘故，每个国家的话都会那么一两句，见什么人说什么话，前两次去的时候，一堆人就围过来说"你好"，后两次去的时候又来对我说"空尼奇瓦"。他们的皮肤都被阳光折腾得油油亮亮的，手里的"滑沙"板子简陋得可怜，有的是一块不成形的塑料板，有的就是一块厚一点的硬纸板，唯一的作用就是把身体变成一个平面使重量稍微平均一些而已，体重过重的成年男子躺上去就定在沙堆里了，看过一个很胖的美国人付了钱，在小孩的鼓励和教导下，满心欢喜躺在了板子上。

　　然后，就沉下去了。

小孩又拖又拉，板子在高高的沙丘纹丝不动。

美国人找小孩要回了钱。

那是个瘦瘦高高的小孩，一边把折得整齐放进裤兜里的越南盾又拿出来，一边收回那块不怎么"争气"的板子，阳光晒得他皱眉，拍了拍板子上的沙，他没有停留地一路小跑回到沙丘端头的那群孩子中，又开始拉别的客人。

滑一次价格是十块人民币。

那些小孩在红沙漠的端头拉客，一拉就是一整天。

还好我比较轻，那群小孩也更喜欢我这样的客人。

我喜欢选择女孩子当"小老板"。这是个很好的选择。因为那些男孩子并不会生气，反而远远看见我就叫那些小女孩先凑上来。当我轻而易举地从高高的沙丘上滑下来，旁边看着我的越南"小老板"总会拍手欢呼或者吹口哨，感觉比我开心兴奋多了，好像刚刚滑下来的是她们，接着她们又来劝我多玩一两次。

V说："这些小孩都太会做生意了。"

我觉得也是。但会做生意也不是什么坏事，别处的生命自有别处的活法。

红沙漠的沙经过半天的阳光暴晒后总是特别地烫。即使我穿着鞋子，在沙上多走了几步，也觉得整个脚都像被烤着。而那些在沙上跑来跑去的越南小孩却都不穿鞋。看着他们奔跑在沙子上赤裸裸的小脚，每一步都埋进火热的沙里。他们居然不觉得疼。

似乎美奈就是流行滑沙这种沙漠娱乐方式。

白沙漠也有拉客滑沙的人。

白沙漠比红沙漠大多了，也离我们远多了。骑摩托车就不要指望了，要去就得联系当地旅社。一日游的话早上很早就要出发，因为那里最美的是日出。

4点多的美奈我也只看过那一次。

旅社派来接我们的车子沿着海岸线的主路开。天还是黑的，像在夜里。风却是凌晨才有的那种凉，灌进短袖T恤里，非常冷。车子沿着沿海公路从郊外进入村子里，又到了村里最繁华的一段路上。夜里八九点时争相斗艳的霓虹灯熄了，路边饭馆里热火朝天的炊烟也散了，街上只有些起早准备出海打鱼的渔民，只有空气里还残留昨夜笙箫的痕迹，那是浓浓的海腥味弥漫在街道上，清运垃圾的蓝色卡车在路上来来回回地忙碌着。

我们的车超过了清运垃圾的车，加速开着。

那是一辆越战年代的军用吉普改成的车，美奈有很多这样的车。重新刷了颜色，没有玻璃，开起来风到处往里吹。让凌晨本来就冷的风变得更冷了。

当地司机很会算时间，车开到白沙漠时，刚好赶上东方天际微红。天与海的尽头，连成一片的黑被赤红拉出一条口子。

到了白沙漠，就要下车了。可以选择步行进入沙漠，也可以选择换车，昂贵的ATV，一个越南司机搭个乘客。

我和V都会骑这个车，于是想只租一辆。

但是租车的人并不想就这么便宜了我们。理由是白沙漠太大，如果我们迷路，那么就无法在规定的时间返还车辆。规定的时间是一个小时。

"一个小时还这么贵，抢钱啊。"我有点无法接受。

V研究了一下租车的人递给我们的白沙漠的地图。然后点头付了钱。

然后车子就往沙漠里的沿线景点开。中途停了多少个景点我没数清楚过，V说有六个，我并不怀疑，因为对于记数字和认地图，他的天赋比我高多了，或者说在这两点上，我压根儿就没有什么天赋可言，甚至不可教也。

所以景点我只记得一个。就是白沙漠里观日出最好的地方，也是白沙漠的中心地带。因为在那里我们停留的时间最久，景色也最美，游客也最多。早来的，晚来的，快要离开的时候，那里已经堆了好多人。

我跟带我骑ATV的越南小伙子说："几万盾就骑这一会儿，太贵了。"

他笑着骑上车，示意让我重新上车。

我一头雾水地重新上车，并不知道他准备干吗。他们的英文都不好，一路上我们几乎不交流。接着，他发动引擎，就把车开到很高的速度，然后直接冲上一个高高的沙丘，然后，停顿两秒，又突然用很快的速度向坡下滑去，扬起沙粒漫天飞舞，我尖叫着的嘴里吃了满满一口沙。

这滑沙比红沙漠那小板子有趣多了。

一下来了瘾，滑着不想回去。越南司机打个手势，意思告诉我，你可以再租一个小时。

V在旁边跟我说："估计红沙漠那些做生意的小孩长大了都来这做了司机。"

美奈这小渔村真的很小，小到买包烟都很难。

我唯一一包从河内带去的烟，在到的第一天跟V吵架的时候，就被他扔掉一大半，只剩了两根运气好的漏网之鱼在皮包里。

我庆幸地翻出来点燃。

V在一旁看着摇头，说："死性不改。"

他那会儿心情大概很好，因为我们刚从美奈日落的海边回到酒店，他在那里拍到了他自己满意的照片。所以他只是说了一句，就自己去捣鼓照片，不再管我了。

其实也没有死性不改。

自从和V在一起后，我几乎迎合他的所有要求，少喝酒也尽量不抽烟。他很讲道理，要求也不过分。用他的话来说："你跟我嚷嚷之前，真应该心平气和地想想我这些要求是不是对你不好。"

V是不抽烟也不喝酒的，讲起道理来的时候，就跟那些大人们一样。他也总喜欢想一些明天之后的事情，并且几乎看不到他的眼泪。如果他甚至也像那些大人一样非常关心数字和在意时间的话，我敢说他会是那些大人中非常完美的一个，会经常混迹在那些大人中，用那种堆满数字的理论去聊天，他会很有说服力，就像说服我时一样。

好在他不是这样"完美"的大人，他有时候会埋怨我"你能不能不要这么孩子气"，有时候又会说"我大概就是喜欢你这么像个孩子"。

他就是这么矛盾。

但这并不妨碍当别人以"成熟"这样的词语开启话题时，我总是马上会想到V。我不喜欢"完美"的大人，他是不那么"完美"的大人，或许这就是我们之间的刚好。

夜幕降临时，V骑着摩托载我去渔村吃海鲜。渔村的渔民总在早上傍晚出一网鱼，那是吃海鲜最好的时候。靠近村子时深呼吸，一股子鱼腥味。

夜市海鲜大排档要在落日斜挂海平面时才开始营业。等到天黑时，海边就是烟雾缭绕，酒气熏天。我们每夜都来寻欢作乐，用一种醉生梦死的态度。吃完夜宵，再踩着美奈海边的晚风往酒店走。

街边的小店门就是一块破木板，里面啤酒倒是应有尽有。老板说这里的喜力卖得最好，又看一眼我们的摩托车，问需不需要加油。

渔村加油站很远，加油都是在街边卖烟酒副食的小店里。一个大油桶，一根塑料管，咕噜咕噜往里倒。我喜欢和V蹲在小店门口的路边，一边喝酒一边闻着路对面海上飘来的咸咸味道。

离我们不远处也有别的游客在加油，他们用英文和老板讨论油价，他们的谈话声和油下落的声音混在一起。浑浊有力，让眼前的生活真实得掷地有声，也让我都忘了，成都这会儿的天气应该冷得走在路上伸不出手来，新租的房子离公司更远了，每月工资抛开油钱和车位租金，所剩无几。

公寓前有一片公共海滩，吃完夜宵回去的途中都会路过。

美奈只是个半岛，海岸线虽长，风景别致的海滩却有限，好在不像那些商业过早进入的海岛或是沿海城市那样，宁静美丽的海滩都被资本雄厚的大酒店给划了去。

这里所有的海滩都是公共开放的。所以，从早上9点开放到天黑清场，海滩总是很多人，除了游客，越南当地人占了绝大多数，那会儿正值春节期间，很多越南城里的人来这个渔村度假，白天显得特别热闹。

晚上这片海滩就安静多了。游客少了，沿街卖椰子的当地人也少了。公路对面护栏外是微微还能泛着点微光的沙滩，沙滩外是完全黑成一片的大海，黑得已经分辨不出它还是海，只觉得是无边浩瀚的深渊，滚滚浪涛的吼叫和卷起的风，只是站在它身边就被吞噬了。

海能吞没一切，从身体到思绪。那些让你辗转反侧，彻夜难眠的小情绪，被海风一吹，就暂时忘了。

我想到几年前我在厦门海边偷偷掉下的眼泪。在一边让新认识的朋友给我拍照时，一边偷偷落在海里的泪。

涛声跌宕起伏，雷霆万钧。

没人发现，甚至我自己都怀疑，那只是浪花溅到了脸上的水珠。

海边，是个很好隐藏自己的地方。

风尘之外的西贡

2016年，辞职和朋友合伙创业，合资方的主要项目在西贡。那是第三次到西贡，一待就是整整一个月。

酒店定在1区旧城里，18楼，每天睁眼便能看见临近雨季黏湿的湄公河。

窗外刺眼的阳光均匀地洒在落地窗前的白色帘子上。风吹动薄纱材质的窗帘，影子在木地板上很有韵律地画着波浪，一层层地掠过地板。

这里午后的温度真是让人畏惧，仅仅是隔着窗玻璃看一眼，就觉得自己又从里到外地被炙烤了一次，熟透了。

室内空调呼哧呼哧地冒着冷气，这家酒店是老式洋楼改造的，时间久了，中央空调的噪音有些大。赤脚坐在地板上，把SAIGON啤酒倒进全是冰块的杯子里，然后看那些成群成片的气泡不停地从冰块上滑落，再炸裂。气泡太多，幻灭太快，都来不及分清哪一个有什么特别之处。就算很仔细盯住某一个，它也只瞬间清晰，随后便混入成千上万的泡沫大军中，无从寻觅。

"在这样炎热的夏季，会炸掉多少这样的啤酒泡？"

"……担心这个做什么，泡沫本来就是破灭的啊。"

V常常对我一些很无聊的问题很无可奈何，但好在就算他觉得很无聊，他也总是会回答。

这是一种温柔。

就好像他也跟着我把胡志明市叫成西贡一样。

这个高温多雨的热带季风城市，我依旧习惯于叫她"西贡"。

虽然它改名很久了，但在每个清晨喝第一口SAIGON啤酒时；每个午后躲在酒吧的落地玻璃前打望形形色色的路人时；每个夜晚都骑上摩托出去横穿几个街区时，我还是喜欢和当地人一样，叫她西贡。

酷暑的高温，刺眼的阳光，她像百老汇的经典唱段一样，无论在哪个时代回响都是一段撩人的旋律。

她被争抢，被占有，被抛弃，再被拯救。

只有"西贡"两个字，才能言简意赅地呈现出她的魅力。

所有的"英雄"主义都曾为它折腰，无论是西方的帝王，还是西海岸的大兵，从她出生开始，她的美丽动人注定让她沦落风尘。

穿着奥黛的女子婀娜多姿地从眼前晃过，点一杯咖啡在路边坐着，老式留声机里是20世纪音乐剧的桥段，仿佛回到那个象征战争与爱情的年代。一些"英雄"来了，于是有了落魄殖民家庭的法国小姐与中国商人之间的肉体纠缠和灵魂煎熬；一些"英雄"走了，于是有了和"金"一样的西贡小姐为了一张去美国的签证在街头贩卖自己的初夜。

杜拉斯说，她不是作家，会是个妓女。

关于西贡，她是深爱的。即使在这里她母亲花尽积蓄却因为没有行贿，最终只买到一块毫无用处的盐碱地；即使在这里她忍受着她大哥滥赌，吸鸦片，把她作为交易去换钱。即使在这里没有四季，终年都是让她窒息的炎热天气；但这里有李云泰，有夜夜笙歌的cholon。

曾经我看过一幅关于19世纪cholon的油画，是一个越南籍画家画的。画上是一个狭窄的巷子，两边密集华人区的骑马楼。各种中式的炒货铺子和糕点铺子堆满了街道，人力车拉着客人，艰难地挪动着。一方透白的天空，黄黄白白的遮光布参差不齐隔开了天与地。天的干净纯白和这一地零乱的强烈对比，看了让我觉得有点沉重，但似乎闻得到炒花生和桂花糕的味道从百叶窗的缝隙进来，飘进那些骑马楼底的某处单身公寓里。

就在那样的单身公寓里。

每一个欲望和道德挣扎的夜晚，构成了完整的杜拉斯。

而现在的cholon在西贡5区和6区。其实关于西贡分区我始终分不清楚，尽管Kimiko很耐心地跟我讲过几次。我依旧只记得cholon

在5区的位置。去过两次，大饭店，小会馆，繁忙的摊贩，难以下脚的小巷子，添了几分破败，使它比那幅油画更显凌乱，写满了生活和岁月。

这城市在风尘中，却又早已置身风尘外。

只有听过曾经的她，才有资格爱上现在的她。

夜和酒

比起夜幕降临，晚风迎面更像是西贡昼夜更迭的标志。或许，这是炎热白昼对这个城市的一些补偿。

起风了，就意味着这个城市要第二次活过来了。

西贡一共25个区。从1区的bui vei（范老五街）到4区的本地海鲜烧烤一条街。无论哪个区，总能找到彻夜狂欢的不夜地带。每个夜幕降临时刻，便是它灯红酒绿的撩人之时。

在bui vei游荡花天酒地的，大多是游客。他们或刚刚干透在烈日当空的街头汗湿的衣服，或躲在冷气十足的Café里储备了一整个白天的精力，但殊途同归的最后都在晚风来临时以一种势必醉倒路边的态度走在华灯初上的范老五街上，目光犀利地挑一个称心如意的露天座位买上几瓶啤酒，等待夜渐深，风渐大，这个城市彻底释放。

西贡有自己的啤酒，就叫SAIGON beer。

两种包装，一种绿瓶，一种褐瓶。绿瓶，外表清新实则醇厚，一口下去，满腔浓烈的小麦味。褐瓶，外表艳丽实则清爽，一口下去，一丝轻佻的酸味。

我喜欢褐瓶多一些。

至于绿瓶我不怎么喝，没喝两口就感觉整个消化道都被厚重浓烈的麦子味道充斥，闷闷地直往大脑上走。这种厚重让人有点招架不住。

来西贡的日子，我只喝过两次绿瓶。

第一次是刚到的那天，便利店里买二送一，两瓶褐色的送了一瓶绿的。第二次是离开西贡前一晚。

那天最后一个合作谈妥，对方法国经理超快的语速让我整个晚餐时间都没敢细细尝一口饭菜，而她的搭档更是操着一口浓重的哥伦比亚口音扑面而来，每每她一开口我的大脑就开始慢镜头。整个晚餐，感觉耗死了我大半脑细胞。

结束的时候，头脑一放空，只觉得要虚脱了。

然后，被同事拉着去酒吧庆祝。

那间酒吧我第一次来西贡的时候就去过。和V一起，在西贡城里最高的大厦里。我记得那是一个很晚的晚上，V其实是一个很养生的人，不抽烟不喝酒还健身，遇见我之前，他总是12点以前就睡觉。我跟他的生活开始就有时差。这时差持续到现在。

那酒吧在53层。整面的落地窗。

昏暗的灯光，不怎么会造气氛的小乐队。

穿得很紧身的年轻越南女孩儿像金鱼一样在酒桌间游来游去。

那晚我因为猜拳老是输的缘故，喝了很多绿瓶西贡啤酒。

多喝了一些，就不觉得那么难喝了。

就像小时候我妈教育我吃菠菜一样，我是一闻菠菜就想吐的，那菜有种泥土味，浓烈到就像是吃泥土一样。

"没有人不吃菠菜，你不喜欢吃只是因为你不习惯，你习惯了就好了。"

我妈总是这样说着，给我夹上两大筷子放我碗里。

不过后来好像也对，后来我就一边吃一边吐的，真的习惯了那味道。尽管它依旧是我眼中"像是在吃土的"一种菜。

就像那天在酒吧，我用三个小时习惯了绿色SAIGON啤酒的味道一样。

后来我靠在落地窗旁。

紧靠着玻璃张开双臂，低头，就是一种腾空的错觉。

酒精作用。

我以为我在飞。

Hello，Kimiko

五月是雨季的开始。

说来就来的雨在午后把西贡街头弄得措手不及。

出租车里开着冷气，门窗紧闭，湿润的水汽从车子的缝隙往里钻，四面八方。

周围都是被红灯叫停的车子。

它们闪烁着自己的五光十色在雨中放肆着，透过被雨水模糊的玻璃看过去，一团团霓虹的光晕把我包围，四面八方。

"你不该在雨季来的。幸好五月只是开始，再晚一些，我们可能就不会认识了。"Kimiko跟我说。

晚风轻拂西贡的时候，街头的摩托车也多了起来。

下班的，放学的，还有刚出来约会的，直到整个街头都是摩托车引擎的轰鸣声。

速度也比白天狂野，就像被烈日困了一整天的野马们，这一刻终于得到了释放。当然那些风驰电掣的机车中，一半都是年轻男女。

夜深，风大，车上的小情侣们都搂得很紧。

换作白天，这样的距离，两人皮肤紧贴的部分估计都要热出疹子来。

"西贡的年轻人不喜欢白天。"Kimiko跟我说。

Kimiko是我骑摩托时候认识的。她有两个身份，一个是还没毕业的大学生，一个是摩托车导游。西贡街头有很多这样的导游，他们大多数还是在校学生，英文流利，摩托车技术一流。一经雇用，他们就能载着你满城市飞。

西贡和河内不一样，这里的交通执法更严，租车需要当地摩托车驾照。如果没有Kimiko和她男友帮我忙，我是租不到车的。但即使如此，更多的时候我还是坐Kimiko的后座。"这样安全，而且你可以喝一些酒。"她这样跟我说。Kimiko的男友也兼职做导游，当我坐在她后座问及她和她男友谁车技更好时。她笑着一踩油门，我的头盔差点被风吹跑。

从1区开始，Kimiko带着我横穿了8个街区。

虽然是个日文名字，但Kimiko是土生土长的西贡女孩儿，家里除了她，还有一个弟弟和一个妹妹。我们用英文聊天，她也能说一点点中文，但发音十分奇怪。刚开始学日文的缘故，她跟我交换了日文名。其实她也不是没告诉我她的越南文名。但那奇怪的发音，她说出来我便忘记了。

她几乎没有周末，上学之外的时间，她都在做导游。

最好的情况是分到晚上的班，晚风中是凉快而惬意的，晚上时间有限也不会安排太多景点，那是可以认识朋友和感受工作乐趣的时间。但如果是分到白天的工作，也没有办法，没完没了的太阳和高温，不想多说一句没有用的话。最困扰的还有一种情况，是白天晚上都要工作。

"那会很累。"她说。

"为什么不拒绝？"我说。

"为什么要拒绝？"她有点诧异地回头看了一下我，"它可是双倍的报酬。"

高速转动的车轮划过西贡夜晚路灯幽暗的水泥路面。

Kimiko似乎对西贡每一条街都了如指掌。她告诉我，7区的分界线是西贡河上的立交桥。路过那里的时候，我看到了桥边密密麻麻站着乘凉的年轻人，或嬉戏，或打闹。Kimiko告诉我，那些年轻人会在那里约会，路灯亮的地方，他们还会拍照，然后传到他们的脸书上。

后来我和她交换脸书，翻到好多她曾在那里夹在人群中的照片。

4区有个很大的加油站。就在西贡河边上。

加油站对面有一排长长的椅子，就在河边，在那些黑漆漆的树和灌木的阴影下。没有路灯，只有马路对面加油站的路灯能照点余晖过来。

Kimiko说，那里是西贡小情侣的聚集地。我朝加油站向对面望去。西贡河水倒映着岸边的灯光，树枝的阴影下晃动着人影。倒也是花前月下，良辰美景。

"你可以在那里做你想做的所有事。"Kimiko对我说。

说完她自己先哈哈大笑起来。笑完她又问我是不是好奇，他们为什么不回家。

"我们这些人住的房子太小了，晚上的时候外面比家里更凉快，所以没人愿意回家。"她说完，盖好油箱盖又上了车。

那晚我和Kimiko飙到时速80公里，西贡的晚风迎面扑来，从头灌到脚。

Kimiko带我吃过最地道的小吃，在4区。

那是当地人常住区。白天的时候乱乱的，很多当地市场杂乱无章的堆满道路两旁，阳光晒在脏脏的马路上，汽车卡在窄道中间，摩托车飞快地在缝隙里穿梭，一层层垮下来的电线，新的和旧的缠绕在一起，把巷子里的一小片天空划得支离破碎。晚上的时候更乱了，海鲜市场和水果市场关门了，坏掉的水果和洗鱼的废水被一起倒在垃圾桶，那些液体混在一起又从垃圾桶的破口流出来。晚风一吹，迎面都是刺鼻的味道。骑摩托会经过卖小玩具和衣服的市场。老板摆着20世纪80年代中国小摊贩最喜欢的大喇叭，不断重复着我听不懂的越南语叫卖。

Kimiko问我，你们那儿有这样的市场吗？

我说，有，但很少了，因为我们有淘宝。

她突然瞪大眼回头看了一眼我，说，啊，我知道，就像ebay。

我笑着说，对，就像ebay。

关于4区的食物，是我第一次来西贡时，V就告诉过我的事。

　　他说，4区有全西贡最地道的烧烤。烤一些你不敢想象把它们放在烤架上会成什么死样子的东西，当然你也无法想象把这些死样子吃进肚子里你会成个什么死样子。

　　所以我才会在那天和我的同事雇Kimiko和她的朋友们做我们的导游，去见识见识。

　　她们几个人是集体行动，所以一起的游客除了我和我同事，还有一些其他国家的。一对澳大利亚来这儿度蜜月的情侣、一个德国小胖子、一个正打算穿越东南亚却在西贡住了快一个月的美国女孩，几个日本男生。还有没说过话的就不记得了。但我们的导游是一对一的，摩托车也是。所以我们只在吃东西的时候坐在一起。

　　我总是夹在絮絮叨叨的美国女孩和叽叽喳喳的几个日本男生之

间。听完美国女孩的只身走天涯的传奇经历后，又和日本男生谈论中国女孩的美丽。最后得出的结论是，同事酒量不好但玩游戏很厉害，美国女孩觉得我给她的烟没有味道，但给她听的歌很好听，日本男生也觉得《来自星星的你》很好看，而Kimiko唯一能念出名字的外国明星是金秀贤。

那晚我喝了很多酒，抽了一根烟。吃了那些烤成各种死样子的东西。

第二天酒醒了，我真是庆幸我还活着。

4区的夜宵大排档阵势很大，不比1区的小烧烤摊。每一个几乎都是几百平方米。就在露天搭个棚，塑料长桌椅整整齐齐码开。看上去很有气势。

烧烤架也是很长很大的那种，排成一排，上炭，一个破旧大蒲扇冲着黑炭堆里的点点红光一扇。一排浓烟厚雾就直往吊着的灯泡冲上去。

顶篷上通常都有招揽顾客的霓虹灯，有些已经坏了，不能整个儿亮起来，只亮了一边。

但无关紧要，生意好的店家，已经不需要霓虹灯的妖艳光芒来虚张声势了，而生意差的，即便绚烂如白昼，也没什么用。

Kimiko带我们去的，就是霓虹灯只亮一半的。她说那是她学校同学都爱去的一家。

我们坐成了长长一排，和她朋友们玩游戏。这些导游大都是二十来岁的年轻姑娘，起哄很厉害。嚷嚷着分组玩游戏，输了的人除了要喝酒，还要吃那些烧烤架上的东西。

第一个可怕的东西，是毛鸡蛋。说来我行酒令，也算一把好手，偏偏他们要玩脑筋急转弯。

我那会儿已经喝了两瓶多了，脑筋走直路都是问题，还急转弯。

所以，那毛鸡蛋我吃了。

第二个可怕的东西，是烤蝙蝠。别说吃，我连看都不敢看，蝙蝠烤了是个什么死样子。

所以，我闭着眼睛吃的。实话实说，还挺好吃的，因为腌料太浓，根本吃不出异味，就像某种鸟肉。

第三个可怕的东西，是烤青蛙腿。

对于一个土生土长的重庆人来说，吃青蛙其实并不是太大的问题，但由于我已经吃了不少让我身不由己的东西，而且这个青蛙，它是带皮的。

所以当她们把生青蛙拿出来先给我看时，我就吐了。

然后接下来的时间，Kimiko陪我去女厕吐了半天。

回来的时候，他们哈哈笑着说我错过了最恐怖的玩意儿。

然后我就看着Kimiko的朋友Amy用筷子夹了一片肉给我看，Amy是半个广东人，会说白话，她哈哈笑着对我大声说：

"老鼠肉。"

一股"洪荒之力"又从胃的底部涌上来。

我扭头又去了厕所。

那晚Kimiko和她的朋友们滴酒未沾，作为一个称职的导游，她们是不能喝酒的。

所以当她把筋疲力尽的我送回酒店时，她一脸歉意地问我需不需要带我去买点解酒药。

我跟她说，不用，我同事有带一些含片。

她很认真地对我说，喝酒之后我就不能工作了，明天我带你去喝，我也能喝的。

我笑着说，那是还要雇你一天吗，可不便宜。

她笑着说，不是，明天我休息，并且是我请你。

后来我知道那是她那一个月第二次休息，她的确是一天也不能耽误她的工作。

雨季更深一些的时候我离开了西贡。走之前Kimiko在一个小咖啡馆里给我的手机装了一个当地社交软件。她说这样，她有了中文老师，而我也有了越南语老师。就像我请她吃饭，她就要请我喝咖啡一样。

我说这在中国，叫礼尚往来。

她艰难地学着："你想我来。"

几个月后我在寒冷的东北吃烤羊腿的时候收到了她发给我的图片。

图上是她和她男朋友，还有他们钓的很大一条鱼。

我问她不忙吗？

她说这两月都没什么工作，天气不好，一直下雨。

那学校呢不用上课吗？

她没回我。

直到很晚，我又发给她。

还好吗？

她很快回来，说，嗯，等雨季过了，就会好的。

我没再回。晚一些的时候把正在听的一首歌分享到了那个越南社交软件上，那是Ketchup的*Lovely Smile*，没多久Kimiko就留言一个笑脸。

那个软件我几乎没有主动打开过，上面也只有一个Kimiko好友，直到现在也是如此。

离开西贡那天也是一个雨天，雨季里普通的一天。

大雨在午后炙热的阳光还没来得及退去就匆匆赶来，我带着行李在酒店门口等着来接我的车，街头一下凌乱了起来，周围的车都停滞不前，刚上"客先死"的法国人一脸愁容地被雨淋湿了头发，卖柠檬水的老板来不及撑遮雨伞，雨水全掉进了杯子里，酒店大堂的电视里放着前两天中央邮局的示威游行。

服务生给我倒了一杯冰透的百利甜酒，过度的冰和过度的甜都让我在这冷气太足的安静大堂里想要咳嗽。

"热带的雨季，真是容易感冒啊。"同事打了个喷嚏，从行李箱里拿出外套披上。

河内的风

"河内有两个吹风的好去处，一个是西湖边，一个是红河边。"

丽娜拿着一袋冰咖啡和我走在36区的街头，她一边对我说，一边用纸巾拭着鬓角刚渗出的汗珠。

河内是真的热，那种热与西贡不同。西贡那种刺眼而灼热的阳光，河内是没有的。河内的热，是让人透不过气的闷热，尤其是在车水马龙的城市里，路边拥挤的骑马楼混着底层零乱的小商铺，狭窄的街道挤着来来往往的摩托车和塑胶拖鞋，挤着当地人的生活和游客的行李，挤着海鲜档铺散发的鱼腥味和法国人的香水味，全部挤碎，和阳光混在一起罩着这方土地。

过分的潮湿和闷热，于是每一次感受到风的时候，都会让人记忆深刻。

有时我甚至会常常不自觉地数出来那是第几次感受到风从身边经过。

"这是今天第二次的风。一天才刚开始呢。"

我说着。

丽娜愣了一会儿，接着说：

"你真有意思。"

在河内的时候，我几乎很少在中午出门。通常从酒店柔软大床上醒来的时候都是10点左右了。我从来不会强迫自己早起以赶在酒店自助餐结束前吃一份丰盛的早餐。

可能对于常常失眠的人来说，睡得好远比吃得好要幸福得多。

10点，厚密的遮光窗帘下，根本感受不到外面夺目的阳光。刷个牙，从冰箱里选一瓶在酒店对面街上便利店买的酒。选酒常常要花上我很多时间，在店里买的时候是，在买回来想喝的时候也是。

最后一杯冰葡萄酒再配上两片面包，一般就是我的早午餐了。

"吃这样的饭，是会生病的。"

丽娜说。

所以，我才会和她走在正午的36区冒着热气的街道上，去吃一碗同样冒着热气的地道鸡肉河粉。

丽娜的日式英文总是没有r音，有时她干脆都转换成片假名来说，好在我总算是能听懂个大概。

酒店的电视只有一些无聊的越南话版的电影，下午的时候，再不情愿也得出去。

我下午常去西湖边泡着，看看书。那时候我带的只有《瓦尔登湖》，但总在看一两页后就看不下去了。只能望着窗外那个不大的

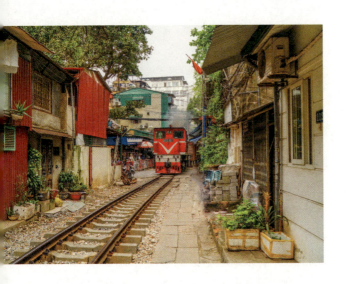

湖发呆。

　　河内西湖没什么特别，就只是个不怎么大的湖而已，岸边不多的几棵垂柳，走着走着就看不到了，阳光是很好的点缀，但被湖水一反光，又太耀眼了。当地人倒是很喜欢西湖，傍晚的西湖边常常挤满了人，他们吹风，沿着湖边散步，也不懂他们绕着湖边一圈一圈地走有什么意义，但我还是喜欢看，如果有人和我聊天的话，我也会加入那些转圈圈的队列。

　　这个湖，至少不寂寞。

　　我喜欢在湖边的咖啡店里点一杯，在靠窗的位置吹风，从下午坐到晚上，直到湖边人来人往。

　　常去的那家咖啡店是栋小洋楼，19世纪河内街头常见的那种
法式小洋楼，会安风格的越南传统木门镶在黄黄绿绿的洋墙上，热
带惯有的大叶植物充斥着每个角落。是一栋可以让人内心平静的建
筑，这样的建筑总会让我产生"如果我住在这里多好，我会再在二
楼的露台种一些天竺葵……"诸如此类意淫出来的想法。而且神奇

的是，我尽管知道这只是无端幻想，但内心依然短暂获得满足。

所以我天天都来，几乎不缺席。

二楼的书架有一些可以借阅的书，都是些壳都泛黄的旧书了。大多是法语和英文的，我只认得一两本希腊神话和法国古典剧作，它们就安静躺在书架上，泛黄折角的边缘卷起一种神圣，我路过的时候总会多看两眼，但一本也没碰过。经理是个热情的法国男人，只要他不忙，只要你开口，他能坐在你对面和你一本正经地聊上一个小时关于咖啡豆的烘焙温度，关于日晒和水洗的口感区别。

我还喜欢这家店的一个原因，是靠窗的位置刚好对着西湖。

我和丽娜也是在那个位置上认识的，她是日本人，过来度假，酒店就在西湖附近。隔得近的缘故，她也是每天都在。

丽娜喜欢乡村民谣，我们认识的时候，我正在哼约翰·丹佛的 *Country Road*。

丽娜跟我搭讪的原因很有可能是因为我哼得不怎么样，又因为座位太近无法假装听不见，于是不得不打断我。

"约翰·丹佛？我很喜欢他的《阳光在我肩上》。"

"哦，是吗，那么海迪·威斯特的《500英里》呢。"

然后丽娜就哼了起来，那首《500英里》：

     If you miss the train I am on

     You will know that I am gone

     ……

第二天我就被丽娜带去了她发现的一家唱片店。店子不大，主要都是一些欧美怀旧型CD的，主要就是民谣和摇滚，甲壳虫、猫王、鲍勃·迪伦什么的，也有格伦·古尔德之类的钢琴曲子。看价钱，估计都是翻录居多。

店里只壁挂着一个摇摇欲坠的试听机，试听机上挂着一副破破旧旧的耳机。

丽娜拿一只耳机给我，然后在机子里放上一张鲍勃·迪伦。

"像这样听音乐，还是我小时候的事呢。"

丽娜的声音同《如同滚石》的前奏同时传到我耳朵里。

"现在听CD的人很少了吧，买CD的就更少了。"

"中国也这样吗？"

"可能比你们日本还严重吧。"

然后我拿出自己的耳机，随手打开QQ音乐放了鲍勃·迪伦的《随风飘散》给她听：

一座高山要站立多久，才能回归大海

那些人要活多久，才能得到自由

一个人要回头多少次，才能假装没看见

答案在风中飘散

我的朋友，答案在风中飘散

……

而红河对岸的风，要骑五个小时摩托去吹。

第一次到红河岸的时候，我已经顶着河内40℃的高温，骑了半天的摩托了。

全身除了被太阳晒出来的热汗，还有一路被飞奔的高密度的当地摩托给吓出的冷汗。

所以当我的二手破踏板一路颠到了红河岸门口时，那如郊区农家乐一般的门票售卖点，也没让我有多失望。

我只是在想我大概是脑子被门挤了才会随便听进去了一句丽娜的一句话，就头也不回地骑几小时摩托来这个20世纪90年代国内近郊农家乐一样的地方。

丽娜那会儿在西贡的一家咖啡馆跟我说："如果你打算去河内的话，我会推荐你去红河边吹风。"

而现在我终于把车停在了红河边，觉得累，身心俱疲的感觉。

在售卖窗口给了停车费，把车停到小路尽头宽大的停车场。卸下头盔，汗水顺势落滴在了我的睫毛上。

周围时不时经过一些当地青年，他们用好奇的眼光打量我。大概是搞不太清楚一个外国人，干吗跑这么远来这农家乐，而且，还骑了辆脏兮兮的二手踏板。

再看一眼我那辆停在车堆里的摩托，不得不承认，确实是有点丑。

　　疲乏地顺着田间小路走过一片满是荷叶的荷塘，我看见了人群熙攘的红河岸。然后是一阵清爽的河风，毫无预兆。不禁让我打了个激灵。我才发现我头发和衣服全湿透了。

　　风一吹，透心凉，但这是我在河内从未感受到过的清爽。

　　风让我精神了些，继续往河岸走去。一阵欢声笑语飘来：才发现这片红河岸，几乎被越南青年承包了。

　　一群越南美少女在草坪的上金属梯子那儿拍照，就是那种中学时候学校操场上经常能看见的梯子。美少女都穿的二次元校服，短短的裙摆迎风飘啊飘的。我情不自禁地就拿着相机过去了，她们却跟受到惊吓的小蝴蝶似的，都害着似的躲。一边躲一边笑。

仿佛就像回到初高中学校的操场上，我用一条趴在叶子上的毛毛虫追得全班女生乱跑一样。

这里的风像时空隧道，会把人带回某个时间里。

像《莉莉周》里莲见听CD的那片稻田，也像《情书》里藤井树骑自行车路过的那片树林。

越靠近河边，风越大。

太阳在热带雨季厚厚的云层里，只有光透过那些潮气上升凝聚，蒸发出了河水的味道，还有远处稻田的甜。耳边突然一阵少年们嘻嘻哈哈打闹的声音。转身看见一群白衣少年。大概是在拍什么活动照片，或者学校组织的郊游，每一个都穿着简简单单的白T恤，在绿草坪上，显得特别干净。

他们互相推着对方往我相机镜头下凑。

其中一个男孩在一群人的推搡下过来问我的名字。我说了，他就跑开了。

大概是惧怕自己的英文不太好，抑或是害羞，他们和我的对话，基本停留在自我介绍和一些简单的玩笑话。其实他们的声音特别好听。比起聊天，他们似乎更钟爱拍照。于是，他们起哄似的一溜烟都来和我拍照。

那些青春洋溢的面容，从来都不畏惧镜头。

后来我知道，第一个走过来的男孩子，叫作"Pai"。我打趣地问苹果派还是香蕉派。他很羞涩地挠头，满脸通红。

雨季从赤道另一边刚刚赶来，草地散发着湿润的味道。红河边上的风很大，夹着若隐若现的阳光，每个人的白衣都像刚洗过一样干净。

当你脚踩在路上，你该想到要多去走走。

柏油路或是泥土路，青石板老街，还有坚硬水泥道。

给白球鞋打个漂亮的结。

趁你依旧还会放声大笑。趁你依旧还会羞涩低头。

走最远的路，去最美的河边，看一场最美的日落。

你应该在额前留一些细碎的刘海。

然后，让河对岸吹来风轻轻扬起它们。

不可再得的。

是傍晚红河边混着稻香的风，也是十七八岁白衣翩翩的你。

斐济

不爱穿鞋的人

我是在Taveuni认识的坤沙。

那是第一次坐船从Qamea到Taveuni的时候。Taveuni岛的确比我们住的Qamea岛大多了，有机场有医院有学校，但即便如此，它还是连个像样的码头也没有。

我们快艇靠岸的码头，实际上也称不上码头，就是一个适合船艇靠岸的地方，一个很小的湾，水倒是不浅，一块小小的鹅卵石滩连接着停稳的船和陆地。

石滩旁是主路上突兀地延伸出来的一条石子小道，小道冲着海的方向去了不到百米，又被断了一半的老树挡住，树根盘踞在路面也延伸到海里。那根不知长了多少年，粗壮又饱满，从另一边涨潮时会覆盖的一大片湿地也伸出一部分，又绕进主路下的土地里。

树根往上，零星而参差的树枝后，便是汪洋大海。

那段时间总在这个码头来来去去，每当载着我和V的车开上这条通往大海的孤独小路时，四周咆哮的海水总让我有些不安。只有这棵路尽头古老庄严的断头老树能给我安全感。

小小的码头没几个乘客，除了从Qamea离开和将要去Qamea的乘客和员工外，只是偶尔才会有几个当地人在这里等船渡海。坤沙就是刚好在这里等船又刚好被我遇见的当地人之一。

我认识坤沙的时候，犯了个很大的错误。

那天是要去徒步Taveuni的雨林，所以我穿了一双运动鞋，并且为了图省事，没有带更换的拖鞋。这让我还没到Taveuni就吃了大亏，船还没靠岸就把鞋子彻底打湿了。湿漉漉的牛皮裹住皮肤，封住供给呼吸的毛孔，那种不舒服和黏稠也像一张不透气的纸蒙住了我的情绪。我在船上把鞋子脱下来，放在阳光暴晒着甲板的地方，祈祷赤道灼热的阳光能为我烘干这双我将要穿一整个白天的鞋。

然而，船飞快地跑，卷着海浪打在阳光晒着的甲板。直到靠岸，鞋子仍旧能滴出水来。

遇见坤沙的时候，我一手提着我湿漉漉的鞋，一手扶着挂在脖子上的相机，在摇摇晃晃的船上摇摇晃晃地往岸边去。

坤沙伸得高高的手就在这时越过船舷从我手上接过了我的鞋。

"女士，我来帮你拿着这个。"他说。

"哦，你的鞋湿了，你应该穿一双拖鞋的。如果你没有的话，我的车上倒有一双。"他又说。

我看向他，赤道居民特有的短卷发，大墨镜架在圆圆的鼻子上，很高很胖，肚子大大的。他说英文的时候不像别的斐济人夸张地翻动两片厚实的乌红的嘴唇，他只是轻轻地咬字，嘴巴好像都没动，温柔的，就像他的嗓音一样，脸上没有太多表情。

总觉得似曾相识，想了好久，像20世纪90年代港片里黑帮老大身边的大个儿马仔，类似什么花仔荣、大飞哥这样的。

就这样我穿了那双他女儿留在他车上的鞋。十几岁的小姑娘，穿的鞋和V的一样大。

坤沙没有拒绝V递给他，作为鞋的报酬的十块斐济币，只是在接过的时候，说了句："这样看来，我好像在做鞋的生意。"

说完这个玩笑话，他哈哈哈地自己笑起来。他笑的时候就不像说话那么文雅了，而是很像小孩似的那样大笑，表情很浮夸，声音很大很长拖很久。

自从认识坤沙后，总在想着租他的车环Taveuni岛。他说，那不如连他一起租了，他会带我们去所有他知道的好玩的地方。

我就爽快地说，好吧。

其实连坤沙一起租的话，我需要多付几十斐济币。

但坤沙那一头20世纪80年代迪斯科风格的发型和身型，还有一口与他黑社会打手形象完全相反的温柔嗓音让我很感兴趣。

要不是这两样特质，我想我真的会犹豫很久的。

T岛有条正经的环岛公路。虽然那条路其实也没有完全修完。

"因为修着修着，澳大利亚政府就不给钱了。"坤沙跟我说。

所以那条正经公路也就穿过岛上的中心城区，连接了医院和机场，只环了大半边岛，还有小半边岛车开不过去。

坤沙说没有村子在那边了，只有零星的散户，迟早也得搬出来。

"那边地贵吗？"我问。

"贵，靠海就贵，上山了就便宜。"坤沙说。

我让坤沙开得慢一些。离开偏僻的码头，缓缓向村子里驶去。车子像一个海边的晨跑者，不慌不忙地享受阳光和海风。

T岛上的人也不能算很多，但怎么也比我们住的那个除了酒店员工外就只剩十来个游客的几近荒岛的Q岛强多了去了。环岛路串联了村子、市场、学校、医院。没什么人烟的偏僻路段都能看到木头和茅草搭起来的简易棚子。

"那是车站。"坤沙说。

"这还有公交车吗？"

"只有一班。不过足够了。大部分在棚子里躺着的斐济人都不是等车的。"

"那是干吗？"

"睡觉，他们大多前一天kava喝了很多。哈哈哈哈。"

说完坤沙自己笑了好一会儿。

车子继续开，路过的车站棚子大多都果真如他所说，寂寞地立在路边，晒着赤道的阳光吹着海风。偶尔看见有人的，也真是几个眼神迷迷糊糊的斐济壮汉东倒西歪地躺在棚里整圆木削成的长凳子上。间或只看见一个戴着耳机的少年，背着书包，认真地在草棚下等车。透彻的阳光穿过不那么厚实的茅草棚顶停在他黝黑的皮肤上。深邃而大的眼睛向一侧的道路看去，像是在沉思也像是耳机里的音乐让他入了迷。我们的车一直在这条道路上慢慢地开着，路过他的时候，他梦中惊醒一般收回一直停在路尽头海面的目光，看向我们的车，又微笑冲我的车窗挥着手。

　　大概阳光充足的缘故，T岛的人笑起来也像一缕舒展开的阳光。

　　我和V在海边停车飞无人机。

　　坤沙对那玩意儿感兴趣极了，不停拍照传到他的Facebook，还给我看回复，也非常乐意答应我做我的演员——在无人机升起的时候开车奔驰在公路上。每次欣赏自己在镜头下的表现时，他总是哈哈地笑，看完还问我觉得怎么样，我说很棒，他就给自己竖个大拇指。

他拉着V一起在无人机前自拍，V早被赤道阳光晒黑的皮肤和坤沙一对比，还是像白种人。

V一开心，很认真地教起坤沙怎么玩无人机。

欧洲游客都在Rsort附近的环岛路段上散步。一路遇见各种需要买票进入的植物园和欧洲人的私人庄园，坤沙都给我们出主意，让我们不用付钱进去，飞无人机进去就好了。

我调侃他说，真会过日子。

他又笑。其实关于他的笑真的是件很有趣的事。当你不逗他，他开车或是不说话的时候是极安静的。沉默地站着把双手放在他大大的肚子上交叉起来。跟他正经聊天他也是正经回答，声音细细柔柔的，总觉得他有点害羞似的。没有这一次环岛旅行前，我甚至以为他是一个拥有一副青龙堂堂主长相的gay。但当他笑起来，一切就不一样了。他笑声真的特别夸张，抑扬顿挫又绵延不绝。偏偏笑点又极低，稍开玩笑，一路上就余音绕梁，久久不绝。

我们就这样笑了一路，走走停停，直到都过了午饭时间才到小镇中心。停了车取钱，邀请坤沙一起吃午饭。

他带我们去的当地馆子。一家印度菜。一进去就感觉来到了坤沙的地盘。

那装潢简直就是直接从20世纪80年代电影搬出来的一个迪斯科舞厅。刚好放的也是重贝斯的复古舞曲。我上个洗手间出来，看见20世纪80年代的坤沙坐在20世纪80年代的迪斯科舞厅里。我突然莫名就想起昆汀《低俗小说》里的Jules。

那家餐厅老板是一家子印度人，胖胖的印度母亲加上胖胖的印度女儿，儿子和丈夫倒是很瘦。大部分印度女人婚后都是不怎么注重身材的，那位胖母亲摇头晃脑地拿着菜单给我们点菜。

V用中文跟我说："这味道差不了，就这身材估计也是天天自己做给自己吃出来的。"

我们去的那会儿已然不早了，餐厅没有别的人，只有我们一桌。吃的时候偶尔进来一两个斐济人买点饮料就在门口的阳台上站着喝。

我看了眼菜单，问坤沙平常的饮食习惯，是要一起还是分开吃。

坤沙说他们在家里吃饭很少一起，只有节假日和他的哥哥一家聚餐和去餐厅吃饭的时候才会这样。

我说那我们就share吧，因为现在就是在餐厅吃饭啊。

坤沙笑着说谢谢，又转头问V，你们中国的饮食呢？

V说，我们非常喜欢一起吃，因为热闹，中国人是很爱热闹的。

我点了龙虾、蛤蜊汤，还有牛羊肉。

坤沙吃得非常开心，虽然龙虾肉他只吃了一口，却拍了非常多的照片发到他的社交圈。

在海边应该常吃这些内陆地区非常昂贵稀少的海鲜，这是我的想法。然而坤沙却跟我说，他们很少吃，一般捞到好的也就卖了，卖不出去才自己吃。去饭店吃龙虾就更少了。

"龙虾不会卖不出去的。"坤沙说着又拍了两张照片。

边吃边聊，才知道坤沙是个单身父亲，带着两个女儿。老婆因为嫌弃他的经济条件离开了。他开始自己抚养女儿，跟他哥哥一起做木材生意，后来赚了些钱，买了车，也买了地，准备再存一些钱继续在那块地上修座像样的房子。

聊到这儿，坤沙的声音更细软了，停顿的地方甚至有些能够察觉的忧郁。话题聊到这儿，我觉得应该喝点酒，但坤沙要开车，对我直摆手。店里也可以喝kava，我问坤沙喝不喝，他也摆摆手，说："那东西会让人变懒。"

"真的吗？"我只知道那玩意儿有点麻醉效果，但并不知道还有让人变懒这一说，毕竟这一路看到kava是深得当地男人的喜爱的。

"真的，那些喝kava的男人整天不做别的事情，喝了就睡觉，醒了又喝。"他说。

"偶尔懒一下并没有关系。"我说。

"不行，我需要赚很多钱。盖房子买船，以后送我女儿去主岛上念书。"

"那么老婆要是回来还要她吗？"V问。

"不要了，总要有些惩罚的。"

"那你的女儿，你希望她以后做什么好？"我又问。

"噢，那可是她自己的事了，只要养得活自己，开心就行了。"坤沙说着，还翻出钱包里和女儿的照片给我看。

我又想到了《低俗小说》里的Jules，想到他常说的那几句

《圣经》的原文："走在正义路上的人，被自私和暴虐的恶人所包围。"但坤沙并没有受过洗礼，也不是基督教，他没什么宗教信仰，也没上过什么学，他信奉的只是他在生活里领悟的一切。他只相信勤劳就能改变命运，仅此而已。

吃完饭我们又上路，坤沙带我们去了他私人珍藏的一个非常隐秘约会地点。需要把车子开进密林的小路，再停在路边，走进去。

那地方是真隐秘，路窄得车轮都挤不下，雨林的土路又比较湿润，一路上都在打滑，眼前看不到更多的前路，永远只有一片枝叶缠绕绿色帘子，总以为快没路了，车轮又翻两圈，前面又突兀地露出那条黄黄的土路。一路我都止不住问坤沙到了没，总担心我们这脚底不停打滑的车要撂在这小路上。

直到眼前的林子稀了些，路边出现块不大不小刚好摆个车的草坪。坤沙把车子往那草坪上靠过去。

终于他转过头，说："到了，不过下车还要走20分钟。"

……一个f开头的单词窜上心头。

就这样，我们三人停好车，又下车顺着路边一条更窄的只能容得下一只脚的小路继续往密林深处去。沿着一条丛林里的溪流一直走，两边是高过我的热带草丛，各种虫子隐匿在里面发出窸窸窣窣的声音，短衣短裤让我特别没有安全感。

20分钟后，我们总算到了坤沙眼中的"圣地"，坤沙特别开心地脱了鞋跳到溪流中间的一块石板上，深呼吸转过头问我们："怎么样，是不是特别美？"

我那会儿特别想爆粗口，丫什么圣地，费半天劲就来看一个一米高小瀑布。

但我忍了忍，挠着被雨林蚊子咬得到处都是的包，勉强冲他点了点头。

我仔细端详了一下这个小瀑布，试图发现它的美，它的落差不高，但雨林枝叶强壮的植物遮挡了它的来处。阳光穿过那些遮天蔽日的宽厚植物叶子，残留了一些在溪流溅起的水花上。空气因为湿润阳光少，落在皮肤上甚至有些冷。

顺着流水往下看，一条黑乎乎的蛇蜷在岸边的大石头下。瞬间起一身鸡皮疙瘩。

美倒也是美的。就是，疼得慌。

又花了半小时从"圣地"里折腾出来。我们往主路的尽头开去。

经过很多欧美人在海边建的大庄园时，坤沙非常淡定地跟我们介绍，这是一家英国人的，那是一家法国夫妇的。看得出，岛上的富人们都聚集在这一带了。

那会儿他还跟我说："你之前其实撞见了一个大富豪。就在你在镇中心吃饭前去超市买东西出来后。"我脑海快速闪回吃饭前，那会儿应该是去超市买了一些速食面和水准备晚上带回Qamea岛。出来的时候刚好经过一辆停在路边的越野车，里面没人，只有一条狗，见我经过，就在里面狂叫，我就停下来逗了一下它。

这时候它主人刚好也从超市出来，是个欧美面孔的男人，不高，身体倒是很壮。

"噢，你喜欢它，它非常友好。"它主人笑着边说边拉开车门。

小家伙就跑下来了。那是一条岛上常见的杂交混血品种狗，食物盐分重的缘故，长得干瘦干瘦的。伸手摸了一下，它便在地上滚起来。

它主人一边逗它一边跟我说它有多有意思，多听话，无论多远一吹口哨它就回来了。

这时刚好旁边蹿出一只小野猫，狗一路吠着追猫去了。

它主人吹了半天口哨没用，也跟去追狗了。

实力打脸。

想到这儿我就想笑。

坤沙接着悠悠地跟我说："你记得之前我们遇到的我跟你们说的那个庄园和海边那个豪华游艇的主人是谁吗？"

"谁。"

"噢，就是你遇见的那条狗的主人。"

他依旧语气平淡，不慌不忙，我笑容瞬间僵硬：

"为什么不早告诉我？"

早告诉我，我也不至于对着他那没用的口哨笑到肌无力还硬撑着跟他开玩笑说："你这口哨倒是吹得挺好听的。"

我和V本来还打算认识一下那家主人，参观一下他的庄园呢。多好的机会，浪费了。

坤沙当然对我这些机会主义的想法漠不关心。或者说他关心的事真的很少。

他跟我说这些的时候，车子刚好开到了一段在堵车的路。我跟V都在疑惑，这沿海路都没什么车，怎么还会堵。开近了，才发现是起事故。一辆白色的车横在路边，前保险杠都掉了。

坤沙伸头看了一眼，又跟经过车旁的看热闹的斐济人聊了两句。不紧不慢，靠边，熄火。悠悠说了句："那辆车是我的。"

我跟V都有点错愕。以为他开玩笑。

结果肇事司机没一会儿真的走过来，跟坤沙说了几句，那是个瘦瘦的欧洲老头。

坤沙微笑着下车，跟老头一起去事故车那里，看了一眼就回来了。

"没有事，我今天把车借给他了，并没有撞上人，是撞到树了，我们走吧。"

然后，我们的车就缓缓驶离了事故现场。真的就这样走了。

我看着后视镜里坤沙戴着墨镜没有表情认真开着车的样子，认真的像个对别的都不再关心的孩子。岛上没有保险公司，他也没有去估计一下他的损失，他只是确定了一下有没有人受伤就离开了。

那天我们在最后一班去Qamea的渡船靠岸时结束了环岛游。

坤沙送我们到码头的时候，他被睡意袭击的意志力已经撑不起他沉重的上眼皮了。直到看见码头那棵老树，他终于将头放在了方向盘上。

"今天真是太累了。不过真有意思。"他说。

"你很少带人环岛吗？"

"当然，你们是第一个，我一般只送客人从机场到码头，又从码头到机场，只往返这段路。"

"为什么？你应该知道包车环岛你能赚更多。"

"我知道，但在这里生活，并不需要那么多。"

听完，我点点头，从钱包里拿出这次包车的费用，看他疲惫的样子，我又加了十几块的小费，但却在递出去的时候，被坤沙给拒绝了。

"哦，不，Cindy，我们说好的。"

他说这句话的时候很认真，表情一别于初次见他时付钱买了他女儿那双鞋时的商人模样。

V下车的时候，不小心把拖鞋甩出去几米远。

坤沙见状哈哈大笑，笑得他自己都坐在了地上，那笑容憨厚得像个孩子。

他一无所有，但某种程度上他和我之前遇见的那位富豪一样富有。

这里的一切都安详、宁静，他懂得知足也懂感恩，关心得少，烦恼也少，除了生离死别，他的生活再无大事。

海边的朗读声

　　T岛上所有的建筑里，我最喜欢学校。

　　这个当地小小的岛，只有一个破旧的电影院，一个破旧的车站，一班环岛的公交车，唯独学校几乎随处可见，就像欧洲小镇上遍地开花的教堂。有单独的低年级小学校，也有混着高年级一起的综合学校。虽然学校建筑完全谈不上独特或是出众，有的甚至十分老旧单调，就一个木板房子立在教堂边上，门窗破旧多时，被铁丝缠了又缠，往年的斑斑锈迹之上是又一年绕上的新丝。若不是那些穿着蓝白色校服的小孩子进进出出地打闹着，只会让人觉得是一所被人遗弃的老房子。

　　但我喜欢这样的学校，从第一次听见海边的朗读声时，我就无法忘记它在阳光下明媚的样子。

　　就在海边几棵老树前，有一个通透的房子，那房子就像早些时候国内的厂房那样，一个整体式的平房建筑，里面被隔成一间间的小教室。教室门外两条长木凳放在长长的走廊上，顺着蓝白色的教室外墙，走廊的尽头是老树和海。几步小台阶下到房前的草坪上。

那是很大一块草坪，两个端头各有一个小足球门，侧边一边连着水泥路，一边接着海水。与海水接壤的地方除了稍微高出一些的海岸线和几棵古树，没有任何人为遮挡，浪打来的时候，水花就溅在草上，所以那里的草天生就长得比草坪中间的草更茂盛一些。

第一眼看到这所小学的时候，我在坤沙的车里。车子路过草坪，海边灿烂的阳光正好打在草坪上追跑打闹的小孩子们身上。他们都穿着蓝白色的校服，黑黑的皮肤衬得反射着阳光的校服更加耀眼。一样耀眼的还有他们看向路边的大眼睛。

这阳光下的一景刹那惊艳了我，那一刻觉得自己如此缺乏见识，既没见过如此自然和谐的课堂，也没见过笑容如此灿烂的一群孩子。

坤沙建议我在附近小超市买一些糖果去和小孩子玩。

"他们在上课吗？不会打扰他们吧？"我问。
"不会，他们会很开心。"坤沙说。

坤沙真是个好向导，在超市买的糖果让我备受那群小孩子的欢迎。他们里三层外三层地把我围在草坪上，他们都没穿鞋子，光脚在被阳光烤得有温度的草地上蹦蹦跳跳地雀跃着。

糖果分完，我们坐了下来。

我让拿到糖果的小孩子们挨个讲个故事来听。他们的英文水平参差不齐，有的非常好，有的除了傻笑一个单词都冒不出来。这让我很容易就分辨出每个小孩的特质，比如班长木拉就是个很学霸的小孩，他英文非常流利，跟我说的话最多，而他一直有点嫌弃坐他旁边草地上始终挂着个大鼻涕傻笑的里奥，里奥应该就是很淘气的，因为他老用抹了鼻涕的胳膊肘去压旁边人的脖子，一副很兴奋的样子。

那样一群笑容灿烂的孩子里，即便有非常淘气的，但也让人无法讨厌。

他们都长得非常漂亮，棕色的卷发，长长的睫毛。坐前排的女孩子都乖巧又听话，认真地和我聊天，我身边的西亚和卡拉还用手指轻轻顺着我的头发。她们喜欢长头发。因为赤道地区人种的基因特殊性，她们很难拥有长而顺滑的头发。她们的头发通常都是短而卷曲地盘在头上，要费相当一些精力才能把它留得长一些，然后编起来。

　　女孩对于头发的敏感度是与生俱来从小就有认知的，无论地区还是年龄。记得我小时候，大人们都欣赏额头光光的发型，每天早上一进教室，除了短发的女生，长头发的女孩子都是清一色的大脑门。我几乎是打记事起就对这一览无余的发型怎么看怎么不顺眼，我喜欢没念书之前外婆给我扎的小辫子，有一些碎头发在额前。但我无法说服我妈和她们那群大人们奇奇怪怪的鉴赏力。为此每次洗完头后我都不停把额前的短发往下梳，好在我总是时不时新生很多短头发，坚持了一段时间，额前就有些头发扎不起来了。但遗憾我妈又找到各种彩色小夹子给我夹起来。后来短头发越来越多，头上的彩色夹子也越来越多，这样一来我倒是喜欢了，感觉每天都是顶了漫天繁星出门。而且后来那些饰品店里卖的小夹子色彩越来越丰富，样子也越来越漂亮，心情好的时候我还能从头上取下一两个

送给看得顺眼的小朋友。虽然我没有最终得到小辫子，但五年级以前，我都对这个通过自己努力得来的发型非常满意。

草地里有一个小孩子特别引起了我注意。他和别人都长得不太一样，不是斐济人，长相像是中东或者印度人。两个有点招风的耳朵很可爱。他比他旁边的孩子看上去都要更小一些，可能比木拉他们的年级更低一些。

他引起我注意到的原因是，他真的很淘气。

一会儿过来摸一下我的背包，一会儿过来摸一下我的衣服，但并不说话，摸完他不是跑开就是傻笑，嘴里一会儿对着天空嘟嘟囔囔，一会儿做着鬼脸在我面前晃来晃去。木拉吓唬着他，让他不要捣蛋，又转过头对我来说："他是印度人，他不会说英文。"

我笑着说："他还挺可爱。"

木拉一本正经地跟我说："他并不可爱，他用捡来的木棍叉我。"

说完他指了指手臂上的小印子。

因为整个学校也就不到五个班，所以老师眼中优秀的木拉要照顾每个班的学生，尤其是低年级的小孩。而品学兼优的学长，并不是每个低年级的同学都喜欢。

我们就这样在草坪上坐着，远远超过了课间休息的时间。老师在教室门口叫上课了，那是一个典型斐济身材的中年女人，被阳光晒得皱起来的眉头，一面向我就舒展了。她用英文问我是否来教室里坐一坐。我笑着挥手。

小孩子们陆续散了，只有靠我最近的一排还迟迟不离去。西亚再三跟我说："你一定在这儿等我们放学哦。"

　　我点点头，想让她快进去。他们俨然把我当成一个课外老师了。说来，还是坤沙建议的那些糖果起的作用。

　　　这学校就在海边

　　　一个浪打过来，海水就会溅在校裙上

　　　阳光灿烂，很快又把裙角晒干

　　　也没有塑胶操场

　　　草地都是天生的

　　　木拉坐在草地上跟我讲他遇见的baby shark

　　　西亚跟我说她长大以后想做pilot

　　　有个男孩反驳她，说女人做不了pilot

　　　上课铃声响后他们就回教室里去了

　　　接着是很大声背英文单词的声音

　　　老师在喊先是boys然后girls

　　　从1月到12月

　　　他们的声音仿佛穿越四季

海里的光浪

和大西洋相比，太平洋真的平静太多了。

外海和内海交界在一片深蓝的海域，一起潜水的澳大利亚人说，前天他在那里看见了鲨鱼。

在我为数不多的潜水经历里，并没有在海里真真切切看过野生鲨鱼。所以当我在傍晚的餐厅里听到他说这话的时候，我非常兴奋。

那会儿餐厅里正有我喜欢的当地小乐队在表演。斐济人擅长音乐，大概是天赐的能力。他们的音乐虽然非常本土，也非常生活，乐器也很简单，就是三把吉他，却非常悦耳，是那种很接近流行民谣的本地音乐，他们的诠释也很有趣，不太多也不会少，不像非洲音乐那些太激烈也不像高山民歌那样太刺耳。他们的音乐就是那种一听就让你很舒服的感觉，可以说没有技巧，也可以说充满技巧，这是一种很厉害的状态。

这世上对于有些东西的驾驭总是需要点天赋的，对于音乐，他们很有这样的天赋。

但那个傍晚我却一句没听，我整个人都被那片深蓝海域的鲨鱼勾走了。

那个澳大利亚人说着他前天看见的鲨鱼的大小，并估算着那些鲨鱼应该就是因为不太大，所以才会出现在那些地方。

学校的木拉也给我讲过看见死去的小鲨鱼在岸边。

这附近的几个岛屿离外海太近，看见鲨鱼大概是常有的事。

我非常兴奋，因为我自己在海里见过野生鲨鱼。我刚爱上潜水这个事情没多久，我对海底的一切十分痴迷。

人对一个事物的热烈程度很多地体现在了刚开始没多久的那一阵子。

毕竟无论什么，多了，只会让人麻木。

所以，我异常珍惜那些有趣的东西刚出现在我生命里的那些时候。

我喜欢的潜水，不是那种背着氧气罐在水底全副武装得像只金刚金鱼一样瞪圆眼睛吐泡泡的潜水。而是只戴一副潜水镜和一副漂亮脚蹼靠着柔韧和力量往海洋深处去的潜水。追着海面荡漾的光，游到更深的水里，然后用尽力气扎进那更深的快看不见光的幽蓝里，仿佛一只囚禁多年的困兽将接近自由。身体轻薄在水里显得像一条鱼，就和所有身边的鱼一样，不是从海面而来，而是从海底深处。

当然我并不是只是那么肤浅地认为自由潜更美丽而喜欢。

只是因为那一口气的长短决定了浮出水面的时间，海水填充了空气，把人温柔地托起。

海水不会吞噬人，但恐惧会。

宛如一场博弈，进入水里的刹那，要更温柔平静地对待这个世界。

海里是如此平静而安详，光从十米高的水面投下来，水压让一切都安静下来了，那是一个完全不同的世界。

尤其是那种在深海莫名出现的一片珊瑚礁的远处看见那种幽暗的深蓝色，白昼的阳光，丝毫动摇不了那幽蓝的深邃，惹人忍不住想去一探究竟。

当我在海里的时候，我总在想如果我是只鱼就好了。

那天傍晚听那个澳大利亚潜友说完鲨鱼的事情后，我便迫不及待地和另外一个美国女孩安娜计划着第二天乘船去那片深蓝海域看鲨鱼的事儿，并跟酒店的潜水教练约好了时间。

安娜是一个来自加州的女孩，有点微胖，和很多加州人一样，她也非常热爱阳光、沙滩和大海，但又和那些二十多岁加州人不一样的是，潜水、冲浪和划船，她竟然一个都不会。

每当我看见她抓着泡沫板在阳光下的海面拼命挣扎时，我都怀疑她给我撒了谎，她大概应该来自某个美国中部的内陆城市吧。

我经常想这样的问题想到出神，也忘了去帮她一下。

　　小艇上的教练这时会立马栽进水里把她带回艇上，然后逆着海平面的光，我看见她摘掉她那来自亚马逊长得跟防毒面具似的潜水面罩，不停地捏着鼻子。

　　她至少一天抱怨三次她那来自亚马逊的面罩。

　　我觉得面罩挺冤的。

第二天我们出发得很早，因为酒店管家看天气预报时说，下午晚些时候会下一点雨，可能会使风浪很大。于是，大概1点多，我们就出发了。

一艘小艇，除了我和安娜，当然还有V，还有那位澳大利亚潜友和一对十分高傲的英国老情侣，以及光头教练。

V只是为了陪我，他甚至连水都不想下。这一点上，我倒是也觉得很神奇。因为很久以前，他说他在澳大利亚读书时选错了专业，他应该学生物，这样他每天都可以在海里观察海洋生物习性，并还能拿高分。

然而以我这么些日子对他的了解，实际上他并不喜欢潜水，潜水总让他觉得头晕，他甚至都不喜欢游泳。三十米的泳道，他只游两个来回，就不再游了，并且抱怨泳池水的味道太重了。

我觉得泳池水也挺冤的。

去潜水点的艇上，V和澳大利亚潜友聊天，我在帮安娜紧她那该死的防毒面具带子，而英国老夫妇自带高贵优越感自始至终没跟我们搭过一句话。后来，我在给安娜试带子松紧的时候，英国老妇人移过来坐到我旁边一点的位置晒太阳，其间偶然和她眼神相遇，四目相对。我嘴一咧，就打了个表情夸张的招呼。

而人家只是微微扬一下嘴角。微微地，完全看不出来是笑。

我觉得那会儿，老妇人肯定觉得这中国女孩子有点傻里傻气的。

阳光贴在海面上，正午没有什么风浪，海面很平静，只有我们那艘小艇在安静的海面划过，拉出一道波涛荡漾的口子，又马上被两边涌来的浪花埋起来。正午的浪花被光解析成彩色，从不同的角度落下来，斐济正午的海面很美，但却很难睁开眼好好欣赏，逆光的角度接上海面反射的光线，让眼睛只能艰难地半睁着。

就在那个午后的外海边缘，我真的看到了鲨鱼。

就在我丢掉了V、光头教练，还有安娜之后，我跟着那个澳大利亚潜友一直游到一片珊瑚礁上。

他给我指了指前方一片幽暗的深蓝色，我点头又跟他游了过去。

我们几乎游到了一个海底悬崖。巨大的珊瑚礁就在那里断了，那片海很深，我深吸一口气，一下栽了下去。澳大利亚潜友也紧跟着下来了。

我大概下去了三四米，水压从身体每一个缝隙和毛孔逼迫着我，我调整了一下，让耳朵适应了这种感觉。

身边是自由游动的五彩斑斓的各种蝴蝶鱼和鲷科鱼。

我死死扣住珊瑚岩壁上的一些缝隙，好让自己固定在这一层水域，就像手边那些叫不出名字的软体动物吸住岩壁一样。

澳大利亚潜友往悬崖边靠了靠，然后停在那一片珊瑚上。

不得不说那片珊瑚美极了。

珊瑚是值得被尊敬的，它们几乎构造了整个海底结构，和陆地的绿色植物一样，是这个世界最伟大的建筑师。斐济的珊瑚种类多得无法计数，但在浅水域看得最多的是那种黄色的鹿角珊瑚和微孔珊瑚，深水区域就多了，绿眼和红色鸟巢，还有很多我完全不知道名字的，成片成片地挤在一起，中间穿插着各种颜色的海葵。活着的珊瑚生在死去的珊瑚上，一层一层，形成山丘，形成沟壑。

它们用生命堆出了岁月的形状，这很伟大。

那会儿澳大利亚潜友就在那样的珊瑚山丘上，他小心地用手在一些盘珊瑚旁戳着，我知道他大概是在那些缝隙里发现了小章鱼。因为我明显看到一小团乌漆麻黑的墨汁在他周围散开。

这让我很想笑，于是身体一松，海水的力量瞬间把我送到海面。

澳大利亚潜友也上来了。

"还好吗？"
"嗯，你发现章鱼了？"
"对啊，有好多，都是小的。"
"小心你的手。"

说完我调整好面罩又下去了。

和这些珊瑚打交道确实也需要小心的。

活着的珊瑚倒是非常温柔，它们的表面都是软软滑滑的，即使不小心用力蹭到了，它们也不会生气，而你只会觉得它们真是柔软。

而那些死去的珊瑚却是要小心注意的，它们异常坚硬锋利，当在海水里面泡了很久的皮肤去接触它们时，它们常常会把皮肤割破流血，就像带着刺的玫瑰，是很危险的。

但关于这个，并不能责怪它们不温柔。

它们用死亡创造了海底的美丽，并不该轻易冒犯这种牺牲。

再次下去，我已经对那些小鱼小虾都没有了兴趣，我只在想我今天还能不能看见鲨鱼。

我直接游到悬崖壁外，没有可以固定我的地方，只好拍打着脚蹼不停往下或者平行地移动着。我渐渐离开了那块堡垒一样的珊瑚岩壁，我能看到澳大利亚潜友在岩壁边跟我招手，示意不能继续往前了。

不时鱼在身边绕来绕去，大部分我都无法准确叫出它们的名字，它们的颜色非常绚丽，简直就像是画的彩绘。

垂直看下去，下面是深邃的暗蓝色，宁静得连气泡都没有，仿佛拥有吞噬一切的能力。

然后，就是在这时。

我感到前方的深蓝里，一个螺旋鲹鱼群的背后，一道长长的银白色光乍现。

锋利的线条，和令人生畏的冷光色，让我不由得为之一惊，险些呛水。

是鲨鱼。

我的脑子全乱了，一瞬间闪过很多东西。柠檬鲨、虎鲨、白顶礁鲨，我把这片水域能出现的鲨鱼样子都想了一遍，也在想我要不要跟着它去看一下，也在想如果它因为鱼群而来，那它还会回来。

还有害怕。

我记得第一次见到魔鬼鱼我也很害怕，还有大的海鳗，靠近它们时，我几乎浑身起着鸡皮疙瘩。那时候谁要拍我一下，我肯定呛好几口水，然后飞快冲上海面。

而这次，我甚至觉得脚底在抽筋，甚至感到脚底传来一阵急促的疼痛。

这下我真正的开始紧张了，我觉得鲨鱼可能真的会回来。我离那群鲹鱼太近了，可能会被它误伤。

我环顾四周几乎丢了方向，完全看不到那片珊瑚岩壁在哪儿了。更不要说那位澳大利亚潜友。

我越来越觉得缺氧。

慌乱冲上海面，面罩里都是水。

直到重新感受到阳光的热度，我摘了面罩大口呼吸起来。

新鲜的氧气让人平静。我其实并没有真的离开那片安全水域多远，也没有抽筋。只是恐惧混乱了一切。它常常会让你做出一切错

误的判断。

　　我觉得自己胆小得可笑。那不过是只体型很小的鲨鱼。
如果被它当作鲹鱼误伤了，鲨鱼可能也很蒙圈。

　　"什么时候鲹鱼长得比我还大只了？"它可能会想。

　　一会儿澳大利亚友人也从我旁边浮了出来。
　　"还好吗？"他问
　　"嗯，我看见了一条鲨鱼，小小的。"
　　"是吗？挺幸运的，但你刚刚那样游太远还是很危险。我们往
回去吧。"

说完他沉下去往我们小艇游去。

而我重新戴好面罩，也下去了。鱼群已经远了，那银白色的光芒更是看不见了。

靠近小艇后，我看见V在浅水域拍着一些蝶鱼。不远处英国老夫妇浮在浅浅的水面，他们把身体埋在水里，只露出后背和屁股。阳光晒在他们的身上，一动不动，就像两根彩色漂浮木。浮潜的人完全不动的时候，总像是具海面浮尸。

安娜突然从我身边的水面冒出来，吓了我一大跳。

她摘了面罩大叫："嘿，你去哪儿了？一转眼你就不见了。"

"我看见鲨鱼了。"

"那恭喜你如愿以偿了。"她说着，一把取下她头上的亚马逊面罩。接着说，"这该死的面罩，一直让我喝水，我觉得我整个身体都变重了。"

"你真该去亚马逊退货。"我说

"我会去的，但该死的问题是，我喝了好多水，我现在好渴。"安娜问。

我愣了半秒，随即也笑得呛了好几口水。

午后的日光在海面的细浪上洒满了星星

放眼望去，这海面一览无遗，甚至天空，甚至那遥远的海

平线

　　但只要一想到那些令人窒息的美丽就藏在这些温柔起伏的
星星之下

　　没有人知道它究竟藏了多少美丽的秘密

　　永远不会知道

　　永远都想知道

　　这正是让人沉迷的原因

　　在属于黑夜的巨大房间里

　　同时拥有月亮与寂寞

　　海平面的蠢蠢欲动

　　送来第一笔晕染在海浪上的阳光

　　大海的深蓝凝视着苍穹的幽暗

　　黎明拉开一道口子

　　人间的秘密就这样被光发现

换日线

T岛就在国际换日线上。

在地理课还没学到国际换日线的时候，我从一本自然科学杂志上看到这个词。

我那会儿刚上小学二年级，当时的我并不能完全在想象中理解到，一条线分割今天和昨天的概念。于是一种非常浪漫主义的想法充斥在脑海里。我一直认为这一条线是非常神奇的，它这一边是白天，那一边是黑夜，所有的光和黑暗都结束在它的限制里，它是时间的开始也是尽头。

这简直不可思议，我整个二年级都很为自己认识了这样一条线而骄傲，也偶尔炫耀给班上的同学。

但其实大人们都知道，凌晨的1点和半夜11点视觉上都是一样的。于是我那充满浪漫主义的想法在传到他们耳朵里后，很快就被那些了解一切的大人们给瓦解了。他们像是听到了一种笑话，并告诉我，一天的开始和结束都会是12点，这世上也没有这边是黑夜那边是白天这样的地方。

渐渐地，我就被他们说服了。放弃了很多类似这样的非常浪漫的想法。虽然偶尔看到太极八卦那样的图的时候以及感冒吃到那种

叫"白加黑"药片的时候，我还会短暂地想起我曾经以为的时间尽头。但却是把曾经的那种想法当作一个笑话一样想起，就像那些曾经笑话我这样想法的人一样。

住在我们那个Qaemea岛上的客人，几乎每一个都至少会去附近换日线标志那里报到一次。等他们回来之后，还没去的客人有时候会在晚饭前问他们："嘿，那地方怎么样？"

大多数人会回答说："哦，它只是草坪上的一块牌子而已。"

这时候我就会觉得难以言说的可惜。

晚饭前的聊天时间

在我们所住的Qamea岛上有一个传统的"晚饭前聊天时间"。到了下午涨潮之后，大概五六点的时间，几乎所有的客人都会来餐厅边坐着聊天，酒店教练和经理还有乐队什么的也来。都坐在餐厅旁的客厅里，有沙发也有放在地上的软垫，桌子上酒店提供的小吃，吃完还能再要。直到7点的光景，赤道村庄非常有仪式感的鼓点响起，客人们才移步到餐厅吃饭。

新来的客人可以问问住很久的客人有什么可以值得玩的，也可以跟酒店管理预定明天的行程。这个时间里，很容易就看出哪些客人是新来的，哪些已经住了很久，因为新来的大多比较拘谨，而住久了的，就跟老油条似的，用那种看上去就很懒洋洋的姿势把自己摆在那里。就像V，经常倒在那个软垫上和服务生艾迪开玩笑。

我是喜欢岛上这个传统的。只要在我愿意的时候，我都觉得和陌生人聊天是件有趣的事情。那些谈话通常从天气开始，有的天聊了半小时，越聊雾越大，聊完之后一头雾水，看她就像雾里看花；也有的天，聊着聊着就月明风清了，晴空万里没有星辰，一览无遗聊无可聊。我跟安娜也是在这样的聊天里认识的，但她跟聊天既不是雾里看花，也不是晴空万里，跟她聊天，是雷阵雨。

那会儿她主动从她姐姐旁边坐过来，我们的话题是中国食物，她一直表情夸张地跟我描述她非常喜欢中国食物，还有最喜欢的种类，她甚至对菜系也有一些了解。在我的配合下，她都快声泪俱下了。

当然也有非常不喜欢这个传统的客人，就像我之前看到唯一一对韩国情侣，我也只在这样的傍晚时间看到过他们一次。

他们那时大概因为来得太早而坐了沙发的中间，除了和酒店管理人员还有服务生微笑了一下算打了招呼外，别的时间女孩子都在玩手机，男孩子都在埋头吃薯条。

后来，晚餐的鼓敲响了。

那男生站起来，顺势咽了一个饱嗝下去。

晚餐吃什么，对他来说已经不重要了。

我总要在这个传统的"晚饭前聊天时间"里出现，毕竟在我们这个面前是海浪，背后是丛林的孤单小岛上，你若是不找点什么有趣的事来做，那的确是很无聊的。而且我那时候总有一些奇怪的联想，如果所有人都去了餐厅而我独自留在房间里的话，我脑子就会蹦出很多类似《无人生还》之类的荒岛变态杀人电影的画面，我甚至会开始构造凶手和死者，还有作案手法之类。我总觉得我的联想力像某种恶性滋生的病毒，一旦发作几乎不受控制。

我和V几乎是那段时间住在Qamea时间最长的客人。于是我们总是在目送一些熟悉的朋友离去，后来连安娜和她姐姐也走了。

我记得她走之前我们还在那个下午登记了一只香蕉船划出海去。

那会儿我是领她去附近一个很小的荒岛上去。因为我和V曾经有次意外漂到哪儿了，上面有座废弃的屋子很恐怖，我回来告诉她之后，她感兴趣极了，执意要去。

但安娜微胖的身体果真如她自己所说，一点肌肉都没有。

我们拼尽全力让香蕉船在摇摇晃晃走到了海中央时就再也走不动。

一放空，我们就又顺着外海的浪漂了回来。

那整个下午就这样来来回回折腾了几次，我精疲力竭地说："不如等你下次来，我们再去吧。"

她哈哈笑着说："你和我在这岛上再相逢，还有这样的下次吗？"

第二天安娜一早就走了，她在ins给我留言说门口有好东西，我一开门，就看见她那个来自亚马逊的面罩。

我给她回过去："你不是说要把这该死的东西拿回去退货吗？"

再接到她回来的短信时，我们之间已经又有十几小时的时差了。

好在Qamea的客人，有走也有来。唯一不变的是"晚饭前的聊天时间"总是热闹的。

一些熟悉的人离开了，又来一些陌生人会变得熟悉。

马来
西亚

没有冬天的吉隆坡

岁月刻下的槟城

没有冬天的吉隆坡

Ally分手的时候，她给我打了个电话。

那时候我在吉隆坡，双子塔前的酒店。清晨，拉开窗帘，热带阳光灿烂地绽放在明镜的玻璃，双子塔尖光芒万丈。

Ally在电话里的声音没有哽咽，但我知道她早已泪如雨下。当眼泪溃堤如江涌，不需要任何声音做陪衬。

那是1月，Ally在电话那一头的寒冷里裹着棉被。

我想告诉她，1月的吉隆坡，阳光依旧绽放得很灿烂，就算全身冰凉地走进去，也会温暖起来。

但我到底没说出口，因为我知道，她也知道。这样浅显的道理，初中地理课本就讲过了。

"老娘当初还为他留下来，结果呢？"

她说这话是有点故作镇定，但我看得出，她心里那个孩子早就号啕大哭了。可以一直撒娇的人是幸福的，如果不能，就从此收好那份脆弱。

你为他留下来，你为他把自由交出去，你甚至打算和他结婚生个小孩。尽管在那之前你还跟我不断地说你是要丁克的，尽管在那之前我不断跟你说生小孩时是十级疼痛。

想说的很多，最后我只说了一句，你来吉隆坡吧，我带你去看5点后的双子塔和机场边的橡胶林，它们在夕阳的余晖下，都是一样的绯色。

更重要的是，这里没有冬天。

挂了电话，我吃了窗前茶几上的两片阿莫西林。那时候胃炎总是时不时地疼得厉害。

阿司匹林和酒都是对疼痛有奇效的药。不知何时起，两者我都一样依赖。

一年后的冬天，Ally前男友给她发了结婚请帖。
她也就真的跟我来了吉隆坡。

我如约带她去看了双子塔，而机场边的橡胶林让我们差点因为没打到车而没办法回市区。晚霞映红了马路那边的天，那片橡胶林就一路绿到了绯色的天际边缘。

我们不得已沿着马路往市区走。

Ally在一片粉光的路边燃了根烟，累得撑不起腰，靠着路灯杆子说我：

"你个坑货。"

她那会儿已经好很多了，从上海回了重庆，重新有了新的事业和生活。单身，但不拒绝新的恋情。

那天夜幕降临后终于赶回市区的我们，随即去了Jalan Alor胡吃海喝。人声鼎沸，在比肩接踵的游客中穿梭，从黑椒蟹到肉骨茶，我们吃了一条街。吃到我的胃又开始隐隐作痛。于是满大街地找药店。

"你什么情况，经常痛吗？多久了？检查过了？"

"查过了，没事的。"

"什么时候开始的？"

"毕业之后吧。"

我们去了一家中西药都在卖的药店。老板是个华裔，五十岁左右的大叔。穿一件白褂，看了一眼我，就用一腔粤式普通话问："吃坏肚子了？"

到底是开在Jalan Alor附近的药店，想必来这儿的人也没别的毛病了。

我点头，随即直接要买阿司匹林。

大叔没理我，径自从玻璃柜里摸出一个小方盒的药。三个繁体字印在盒子上："保济丸"。

"你们这些年轻人，别有事没事就吃镇痛药，治病要对症下药。"

一语中的。是不是看多了生老病死，年迈的医者最后都会成为哲学家。

和他那句话一样切中要害的，还有他卖给我的那个"保济丸"，吃下去20分钟，胃痛就缓和了很多。

从Jalan Alor出来，我和Ally在路边买了凉茶。

凉茶摊在一个四轮车上，老板在堆满茶水罐的顶上放了一个20世纪80年代特有的卡带机，里面放着我小时候才能听到的陈慧娴的那首《飘雪》。

> 早经分了手，为何热爱尚情重。
> 独过追忆岁月，或许此生不会懂。

卡带机里磁带悠悠转着。

武吉免登是个神奇的地方，仿佛有控制时间的能力。它容纳了来自四海八荒的游客，它也拾起了流逝在岁月里的碎片。

喜欢吉隆坡的人大概都是如此流连忘返于这样时空穿梭，然后一不小心就太过沉溺了。

凉茶铺的老板声音打断我的思绪，他用粤语问我："要喝哪个？"

我扫了一眼，指了装菊花水的罐子。

吉隆坡的街头总是有很多凉茶卖。罗汉果、菊花、胖大海，还有那些叫不出名字的草和花。

甚至也卖一些纯粹的中药茶，要喝热的才有用，老板会给你适当热一下，如果你不喝热的，老板还不卖给你。

"这都是有讲究的，热的喝下去是好，凉了喝下去就反倒不好了。"

老板会这样告诉你。

都是些入药的植物熬制的，多少有些苦，但那点苦对于喝惯中药的我来说，不算什么。

我自从有一次喝了一味热茶莫名舒缓了天崩地裂的生理期不爽后，就对凉茶情有独钟了。有时思念过甚，也曾为此专程走一趟。

广州也有这样的凉茶，V带我去过。尽管他自己对这样苦苦的草药味没什么好感，也无法理解怎么会有一个四川人对广州的凉茶那么钟爱，但他理解我这样的嗜好。

"或者上辈子是在海边长大的吧。"我总这样告诉V。

Ally显然也对这凉茶没什么好感。我推荐给她的甘菊水，她只喝了两口，就递给我了。

"一股花草味。"

"不然呢？花草煮的，还能是肉味啊。洋甘菊舒郁解气，能治心病。"

Ally听完，想了一下，又把茶袋拿了过去。一块半马来币买来

的菊花水，足足有五百毫升。她一饮而尽。

我只是假装久病成医。

她是真的病急乱投医。

"你跟S还联系吗？"喝完她问我。

"没有了。"我说。

那晚我们在双子塔下坐了很久。

吉隆坡的夜还算太平，KLCC附近一带都是治安比较好的，深夜之后，保安很多，我们就坐在底层购物中心门口的广场。

时间有些晚了，广场没有了先前的热闹。除了一些远道而来没赶上白天来拍照的旅人，就剩一些小年轻和情侣还在附近逗留。

我跟Ally聊着一些往事，时不时我也抬头去看一下双子塔尖。它们有一些像那我还没懂事时解放碑在我眼中的样子。

"你第一次看到解放碑时，是什么感觉。"
"第一次？不记得了，那么小。"
"你有没有想过，我们之所以不记得懂事之前的记忆，其实是因为我们懂事之前活得最明白，透彻清晰地看着这世界，后来打我们记事起，就忘了曾经明白的一切。"
"这么深奥……"

Ally没再往下接，我知道她在刷她的朋友圈。广场绿化带的灯又熄灭了一些，我们周围更暗了，Ally的脸上被手机的光照亮，眼睛水光闪烁。

去她前男友婚礼的朋友不少。婚礼照片在朋友圈乱飞。
没什么避讳，毕竟分手一年了。大家都这么觉得，连Ally自己也这么觉得。

"真没什么，可能，只是有些不甘心。"
"我知道。"

多少年了。每个人都是一片森林，遇到彼此，温柔了狮子，安静了河马，小溪涓涓流淌，终于把自己变成了最适合对方生长的天地。然后有天森林失了火，轻而易举就给烧没了。

苦心经营，顷刻燃尽。

爱着的时候，婚姻不过一纸婚书，不爱了，连这一纸婚书也给了别人。

婚姻是爱情的坟墓，没错。连婚姻都没有的爱情死无葬身之地，也没错。

终究，爱情是难逃一死。

只是为何偏偏是我们的爱情没有墓碑，如此，也就连悼念的资格都没有了。

岁月刻下的槟城

第一次去槟城的时候是和家里一个远房的表姐。

如果不是辈分放在那里，我其实应该叫她阿姨，毕竟她年龄比我大出整整一个成人礼。

表姐一家早年赶着20世纪90年代移民热的末班车就移民到美国，那时候表姐还在念书。甚至在我前十几年的生命里，我压根儿没见过这位表姐。我只见过一次表舅，听他说起过他有一个女儿。那时候我还很小，大人们聊的什么我都不关心，对表舅印象停留在他穿了一双锃亮锃亮的皮鞋，就像刚从路边刷鞋摊上走下来那么亮。那年头，我爸也是很爱皮鞋的，但他只有两双旧旧的皮鞋，是两双怎么刷也不会这么亮的皮鞋。

那整顿家宴，矮小的我就在椅子上晃着腿欣赏着表舅桌下的那双鞋。

后来表舅就再也没来过了。有次我看见我爸把他那两双旧得不能再旧的皮鞋从鞋柜里拿出来放进了一个装旧物的盒子里。

我跟想起什么似的，问他："表舅怎么没来过了呢？"

"哦，他呀，他们都移民去美国了。你表舅是生意人，来我们家那会儿就很发达啦。"

那时我已经快上初中了，知道肯德基和星巴克都是从美国引进来的。我一时间特别羡慕表舅的那个女儿。我在想，她应该不用非得期末考到满分才能去城里吃一次炸鸡腿，真是幸福啊。

原以为应该这辈子都没有机会再见到表舅或是那位表姐了。

因为那会儿常听我外婆念叨着，说现在人的感情薄，老一辈的人要是走了，小一辈的也就走动少了，再往下，都不知道还有这门子亲戚关系，生分了，可能走在街上都不认识咯。

外婆念叨这些的时候，我正回家过寒假。寒假总是要经历春节，免不了被大人拉着走亲戚，正值叛逆期的我简直烦透了这种社交方式。

所以我对外婆说："你那都是老思想了，现代社会，电话、短信那么方便，经常联络一下就可以了。"

外婆戳了一下我的脑门，说："就你现代人。"

其实外婆的思想一点也不老。她带过我，带过我表弟，我离开她的时候，她学会了发短信，表弟离开她的时候，她学会了用微信。她现在甚至常常给我打视频电话，她接受这社会新事物的速度比我爸妈还要快。

我总是后来才发现她是对的。

那些总说常联络的人，最后再没联络过。

表舅一家似乎就这样永远消失在我的世界里了。只是偶尔我妈会给外婆说多久多久前表舅打了个电话过来，说在外面挺好的，就是女儿不省心，三十好几了还不找男朋友，说是什么不婚主义。

我妈说完摇摇头。

然而我却又对这位表姐生出了几分敬意，我那会儿当然不懂这样特立独行的生活有多艰难，所谓敬意，只是单纯来自我觉得这很特立独行，我觉得这很酷。

然而，我到底见到了这位表姐。

就在她结婚之后。表舅和表舅妈带着她和她老公一起回来的。

那是我第一次见她，留着中短发，很高挑，因为瘦的缘故，脸上的皱纹有一些明显，和她年龄有些不衬。她眼睛非常明亮，也是非常爱笑的，笑起来嘴巴像一弯月。

我对她有些失望，所谓不婚主义不过如此。

但她倒没有对我失望，仿佛是认识了好久，一见面她就跟我熟络起来。

"听我爸提起你过好多次，说你成绩特别好，有没有想过来美国念书啊。哈哈哈……

"其实照我们的年龄差，你应该叫我阿姨。不过还是叫姐吧，听着显小。哈哈哈……"

她哈哈哈地跟所有人寒暄，仿佛比表舅还要熟悉这些远房亲戚。倒是她的老公有些拘谨，老实本分地待在表舅身边。

她那次回来，我们就一起去了槟城玩。

她带我在乔治市的升旗山上去看日出。因为表姐夫移民前是马来西亚人，所以她对这个地方非常熟悉。

曙光洒在槟城海峡时，我小心翼翼地问她："你和姐夫怎么认识的？"

"他啊，同学，高中同学，不过后来我没念了。"

我目瞪口呆，因为表舅明明说过她ACT考得很好啊。

"那你……们从学校时就在一起咯？"

"没有，那会儿我根本不认识他。"她喝着我们从山下拿来的啤酒。

"听我爸妈说，你以前不想结婚？"我试探着问出这个问句。

表姐明亮的眼睛眨了一下，转过头很认真地看着我，随即又笑了："听你爸妈说，你想出国来念书？"

她并没有回答我。

"我就想想而已。"

"挺好的，不过别走太远，也别走太久，很寂寞的。"她说着，一脸怅然，但随后又补了一句玩笑话，"但你如果愿意帮我打

扫房间的话，欢迎来芝加哥。"

关于表姐，我很多都是听说。尽管我跟她去做了一次旅行，我也并没有了解她多少。

我只是听我爸说，表舅的生意生涯在去了美国之后就结束了，英文不太好的他和表舅妈很难在纽约找一份像样的工作。

几年之后，我又去了一次槟城，那时候我刚刚结束了平生第一次创业。那是很艰难的一步，父母知道我辞职已是怒火中烧，创业我提都不敢再提，这条路走得形单影只，那时候V很坚定地跟我说："当然要去，不试怎么知道不行。"

于是我去了，那一年忙得天昏地暗，学会了应酬，学会了交际，学会了怎么和不认识的人吃饭，学会了怎么和需要认识的人聊天。经历了顺风顺水的幸运，也经历了寝食难安的踌躇。

我并没有多坚强，坚持不了的时候，我通常第一念头就是跑。

有次跑到云南，V找到我的时候跟我说。

"我让你去的，天塌下来就我撑，你怕什么。"

他说完我就哭了。

那段时间结束后，我就和V去了槟城。

不知道什么时候起，我开始越来越喜欢像槟城这样充满岁月痕迹的安静老城。

表姐说，这样的城市有人情味。

我们在乔治市租了辆车，住进了一家华裔民宿，女老板三十来岁的样子，面相精明能干，普通话讲得很好，祖籍广东，平时都说白话。那段时间恰逢雨季，民宿淡季，她没事就在门厅坐着，等我们下来的时候，就和我们聊一会儿天。

在槟城的日子很简单，我们最远只把车开过乔治市区的跨海大桥。没有再去别的地方，只是每天在这城市的街头晃悠。

槟城是个特别好吃的城市，就算什么都不干只是吃，一天吃七八顿，在这地方也吃不腻。粤菜、闽南菜、娘惹菜、印度菜，应有尽有，就像这里的人种一样，浑然一个大杂院。

民宿就在老城里，街道上晃荡着的小哥都留着20世纪80年代流行的复古油头，来的第二天V也去剪了一个，就在民宿对面的barbershop，外面是老式的理发铺子的样子，里面的理发师都是油头大文身的小哥。

下雨的时候只在民宿附近就能吃到好吃的叻沙和海南鸡饭。消夜时间在老城窄窄的街道上转一圈，糖水铺子买碗四果汤，在转角的院子找把空的藤椅就能听一曲岭南老人的吟唱。

而不下雨的时候，我总是要开车去极乐寺对面的桥头吃一碗咖喱面。

摆摊的老板是两位垂暮之年的奶奶。

第一次去的时候，是跟我表姐去的。她跟我说这店开了得有六十多年，而那两位奶奶是姐妹，潮汕移民，从泰国妈妈那里继承

了这个摊位。

日据时期她们就在这里了，算来她们该有八十多岁了。

两位奶奶讲闽南语，虽然老得动作都有些缓慢，但精神很好，记性也好。连着吃了五天，她们就记住了我不要猪血。而那些坐在破旧木桌上的常客大多都吃了几年、几十年。

这家店有段时间很火，很多游客慕名而来。我旅行去过的地方，也大都会去造访那些名店，但没有任何一家像这家。槟城的烈日下，永远都是两位老姐妹坐在那锅咖喱前。

听说两位老人梳起不嫁，所以没有直系后代。

在男权社会的旧俗里，女子嫁人后，发辫梳起盘于头上而成髻，以此就算告别了少女时代。而明末清初岭南一带蚕丝业兴盛，从业蚕丝的女子渐渐得到了经济独立，时代推着她们重新定位了自己的价值，而旧社会还在负隅抵抗，于是，她们自己将头发梳起，终身不嫁。

我最初听到"梳起不嫁"是在一部电影里，从此对这四个字有种莫名的尊敬。

我常常在吃完以后，又在对面摊位买一碗凉茶喝。

面摊顾客络绎不绝，老常客通常都会在等待的时候跟两位老人聊天。

一位穿着衬衣背心的大爷也是我经常遇到的，他看上去比两姐妹年轻不了多少，总是买外带拿走，仿佛害怕占了铺子里不多的座位。等的时候，他总和俩姐妹聊天，偶尔哈哈大笑。

　　我想他年轻的时候，大概也是这样。伴着夕阳椰树影忙完一天的生计，穿着衬衣背心踩着拖鞋，走过马路，走到摊前，叫一碗咖喱面。

　　历史的洪流里，每个人都被推来送去，没有人清楚最后会在哪里停泊。

　　但时间却依然卷起巨浪。

　　它推翻一切，甚至那些坚不可摧的东西。

　　不下雨的时候，我还喜欢花几十令坐缆车去升旗山山顶的咖啡店坐着码字。

升旗山的位置可以把整个槟城海峡都收入眼底。那时候无人机的禁令没有那么严，V喜欢在山上用无人机拍槟城的全景。

要早一些去，就像表姐那时候带我来看日出的时间，那个点没什么人，咖啡店也还没营业。

山崖边有一排吧台座位，坐在那里，对着远处的日出、海峡和渺小的城市发呆。

没人能从正面看到你的表情。

开门的服务生会说普通话和闽南话，有连续两三天的时间，我总是他第一个客人。

一来二去也算熟悉了，有一天他把咖啡递给我的时候问我为什么每天都来。

"看日出啊。"我说。

远处的阳光躲在云层之后只在海面洒下一层光晕。

雨季的槟城，并不是每天都能看到日出。

我曾问过我表姐，为什么当初想独身？

表姐说："那是我想要的。"

"那怎么又放弃了？"

"这是生活想要的。"

俄罗斯

暴雪后的平静

涅瓦河畔的诗意

暴雪后的平静

2016年底，我又重新找了份工作，准备回归朝九晚五。

波波在电话里问我："你真的想清楚了吗？"

当然。

其实我并不排斥朝九晚五的生活，我只是厌倦一成不变的生活状态。而当离朝九晚五很远时，自然也有想回去的时候。

波波是那会儿我在KOL圈认识的朋友，经常旅行的人大多是自由职业。那时在圈子待久了，像波波这样的本分上班族也自然潜移默化的有了辞职的想法。

有段时间，她常常问我，要不要辞职，到底要不要？

但我从来都跟她说："不要。"

她自然也没有听进去，不然也不会一直犹豫不决。

下一份新工作开始前，我接了一个约稿，和V去了俄罗斯。

1月的莫斯科，街头终日积雪，寒风见缝插针，街边小店里一个俄罗斯女孩子出来，开关门之间流出的暖风，暖流般瞬间席卷全身。每次出门，驱使自己迎着寒风往前走的力量都是不远处的中央地铁入口。

莫斯科的地铁，是整个冬季最温暖的地方，那始建于苏联时期的地下宫殿四通八达，入口和出口都很多，能到这城里任何你想去的地方，也能带你回家。暖气很足，工作日的时候也总是挤满了人。

整个地铁站几乎看不到半个英文单词，自动售票机也没有英文，第一次买票的时候茫然地站在队伍中，排到我了，凑上前看到满屏的俄文，茫然无措。身后赶时间的俄罗斯男人两步上前，问我要买几张，随后干脆利落地帮我买了。

我觉得全世界工作日拥挤的地铁都是千篇一律，嘈杂拥挤又让人讨厌，但这里却有一些不一样。

虽然每个人都走得很快，冗长的下行电梯上所有不奔跑的人都靠右站着，但常常看到左边那些在电梯上奔跑的男人手上都拿着花，女人背着包也拿着牛皮纸袋裹着晚餐食材。他们脸上都是兴奋的神情，回家似乎是一天最愉快的事。而站台等车时的空当，一些流浪艺人在豁然敞亮的通道里拉着小提琴，那通道里开了不少天窗，雪后的阳光就落在眼前。

地铁远离街道，被藏在了地下，我曾经觉得它存在只是为了诠释时间就是金钱这种俗气的理论。它只存在于城市，它没有多少风景，它是科技为发展应运而生的现代产物，它只为了让生活更快。甚至是盲目地快。

但莫斯科的地铁很不一样，大概因为冷，地铁成了这城市最温暖、最有生活气息的地方。而那些赶地铁的人，虽然也行色匆匆，但他们并不盲目。

我曾问过波波，辞职后想做什么。

波波自然而然地脱口而出："旅行啊。"

没有人不喜欢旅行时的自由，就像没有人不喜欢兴奋时产生的多巴胺。而"辞职旅行"这洒脱而决绝的词，一下都占齐了，一出口眼前就仿佛已是一片更广阔的天地和更多的可能性。

可"朝九晚五"的职业是个营生，可辞职旅行却不是。

所以当波波问我要不要辞职时，我总说不要。因为生活需要经营。

就像这莫斯科地铁上那些拿着花急于回家的男人。

我觉得他们最懂生活。

辞职是一场暴雪。

而生活总归要回到平静。

在莫斯科的日子，我和V没有住酒店，而是在西区租了一套房子。莫斯科大多居民楼都没有多高，我们租的那个只有四层楼，每层两户。没什么小区，只是在道路边，很好找。刚到莫斯科的那天天色很晚了，房东并没有打算和我们见面，只是在电话里说把钥匙放在了门口楼道上的地毯下。

我和V在风雪中一路摸索到了那栋楼前，因为没有密码，房东电话又打不通，在外面的雪地里站着的我们正愁，刚好遇见同楼另一个回家的俄罗斯男人。

　　他带着小羊皮帽，穿着棕色呢大衣，左臂下夹了一幅画，走近我们时，他居然说着一口流利的英文。俄罗斯几乎是个完全不通英文的国家，就连我们的房东英文也不是很好。

　　"你们是要进去吗？"

　　"是的，是的。"

　　"那来吧。"

　　说完他给我们开了门。被皮毛包裹的防风门背后，是干净的楼道和舒适的暖气。

"你们是顶楼那户的客人吧。"他问。顺手把雨具放在了楼道边的一个大收纳架上。

我点点头。随后指着楼梯旁的一扇门，问："你住这儿吗？"

"不，我住三楼，就在你们下面。"

"你也是租客？"

"啊，是的，我从圣彼得堡过来，不过我已经在这儿住了三年了。我工作的画室就在附近。"说完他指了指他左臂夹的那张画。

我们开始一起往楼上走。

"你们从哪儿来？这时间到得可真晚。自从颁了禁酒令，冬天这么晚外面几乎没有人了。"他一边走一边问。

"中国。"

"哦，那是好地方。"

三楼很快到了，他跟我摆摆手道了个别，开门进了他的房间。

第二天，我早上出门，我收到他用牛皮纸垫着的几块点心，上面还有一张他用英文写的小纸片。"这是我女朋友做的，欢迎来到莫斯科。"

莫斯科的冬天非常冷，但这个城市很会取暖。

在莫斯科的最后一天，红场下了一夜暴雪。

那天整个白天都是晴朗的，没有一点征兆，俄罗斯以东正教为主，那会儿刚好临近东正教的圣诞节。升天教堂附近举办了很大的圣诞集市，我和V那几天晚上都会去那边逛一下。逛完再在红场溜冰场溜上两圈。直到10点，溜冰场结束一天的营业。

V每次都非常不情愿背着摄影器材陪我进去，然后就站在里面，几乎不怎么动。

V不会溜冰，我也不太会。

但在这个溜冰场就是会让人忍不住想进去和那些溜得很好的俄罗斯人和很不好的外国人一起瞎闹腾，这样的场景在国内是很难见到的，那些五六十岁的男人女人，在溜冰场上摔来摔去还笑得跟傻子似的。

俄罗斯人很好辨认，随便一个身材臃肿的胖子都能突然给你秀一段交叉后滑和急停动作的，那他肯定是俄罗斯人没错了。

那段时间溜冰场的背景音乐总是那首很欢脱的《兔子歌》，映着对面金碧辉煌的古姆购物中心，和不远处童话城堡般的升天大教堂，这溜冰场比迪士尼更像童话世界。里面没有大人，或者说里面没有人愿意长大。

后来，暴雪就是在溜冰场营业结束后，突然降临了。

我和V都从没见过那么大的雪，风从东边席卷而来，把积雪都掀了起来，拍在脸上，身上，衣服一会儿就湿了。大雪一层一层地盖下来，五米的路都看不太清楚。

红场上的俄罗斯人都惊呆了。有的疯狂跑起来，有的拿出手机一直拍，有的转着圈往彼此身上泼雪。红场仿佛也成了童话里的游乐场。

直到穿着制服的俄罗斯警察成队来到广场驱散还在撒野的人们。

路都被堵上了，雪让司机都看不清路，清雪车瞬间来了好多辆。风迎面吹着我，逆风的时候我都快走不动了，警察把我们都赶到路边，让我们各自回去，在外面很危险。

我其实一句都听不懂，全是身边一个穿着很端庄的俄罗斯女孩子给我翻译的。

在红场的时候她在雪里转圈圈，突然摔倒了，我就拉了她一把，于是她用手机邀我在暴雪中一起自拍。她整个儿兴奋得像是喝醉了，可惜那会儿太乱了，所以我们彼此也没留联系方式，而那样珍贵的照片我再也没机会获得。

被赶到路边站了一会儿，警察见我们是外国人，就主动给我们拦了辆车。

期间老是有人又冲到雪里转圈，警察一脸哭笑不得的表情追过去，就像小时候家长拿非要去淋雨的小孩没有办法时的无奈。

那暴雪下了一夜，第二天铺天盖地都是俄罗斯罕见暴雪的新闻，满屏幕都是忙于疏导交通的警察和橘色的铲雪车。

但当我们打车去车站准备离开莫斯科的时候，眼前的一切都和往常的工作日没什么区别，夜晚的路灯渐渐熄灭，井然有序的车辆，街上是拿着咖啡行色匆匆赶往目的地的人。

那场暴雪就这么悄无痕迹地结束了。

涅瓦河畔的诗意

　　莫斯科离圣彼得堡很近，一趟火车，五个小时，一个是彼得大帝时期的首都，一个是苏联时期并沿用至今的首都，都靠近欧洲。那么大的俄罗斯，繁华城市都挤在了一起，西伯利亚和远东成片的荒野杳无人烟，连接海参崴的铁路接近一万公里，跨了八个时区。在莫斯科到圣彼得堡的火车上，我看着车窗外经过的大片荒芜的雪地。这样的国家，只要离开城市，都像是在荒野求生。

　　出了车站，圣彼得堡和莫斯科一样白雪皑皑。但不一样的是，这个城市，是我见过最恢宏大气的城市，它像17世纪的书本上的欧洲，但在欧洲却没有比它更能体现那个年代辉煌的城市了。或许，它更像是彼得大帝自画像，置身这样的城市，仿佛胸腔都被打开。

　　在圣彼得堡的住所，依旧是租的房子。这边的楼房大多高一些，十来层的样子，老房子居多，依旧没有电梯，房东是个五六十岁的男人，第一次见面戴着一顶前进帽，叼着一支烟斗。中气十足，一口气就帮我和V把行李搬到我们住的那层。

　　后来又见过他两次，一次过来换电磁炉，一次送面包给我们吃，每次都会换个帽子，但叼的那支烟斗一直没换。他和大多数这个年龄的俄罗斯人一样，一句英文都不会说。所以我们之间交流并不多，更多时候我们需要借助翻译软件，或者手舞足蹈地来解释彼此的想法。

而他之所以会给我们送面包是因为房间的电磁炉有问题，他拿了一个新的来换。他是早上来的，那会儿我正在吃泡面。

我是喜欢吃煮泡面的，何况冬天的圣彼得堡5点日落，9点天才亮。我并不觉得泡面当早餐有什么不妥。

但房东那次看见之后，没过多久，就送来了一大篮子面包之类的点心。

从莫斯科到圣彼得堡，生活节奏突然一下就慢了。

9点半才彻底亮起来的街头，路上的行人都走得很慢。冬宫的广场外寒风呼啸，没有什么人，积雪被清理得很干净，整个广场因空旷萧瑟而显得更加严肃。

圣彼得堡的地铁网不如莫斯科那么发达，更多的时候，我们都是坐公交车。暖气很足的车内常常坐不满人，空空的，从起点站到终点站，窗外大雪纷飞，窗内温暖如春，玻璃窗上蒙一层厚厚雾气。透过雾气解构这城市流淌的诗意。

最想停下来发呆的，是下午的4点到涅瓦河。

当天暗了一些，路灯就会全亮起来。1月的涅瓦河结着厚厚的冰，映着天空的颜色，显得特别地蓝。延伸到尽头是云层后的余晖。两边是宽阔的马路，常常有鸽子停在哪儿，冬天让它们的生活变得艰难，一两块面包屑就能收买那一大片的鸽子。

沿河的路很长，走冷了的时候，在街边花150卢布买一杯卡布奇诺。

一直到天彻底暗下去。

随手叫辆车到马林斯基的剧院看一场《胡桃夹子》，就算一个人也不用担心寂寞，剧院门口站满了等待开场的观众，他们来自全世界不同的地方，并且很愿意向你表达他们关于对芭蕾舞剧的热爱。

中场休息的时候，到二楼小餐厅排队买一片充满俄罗斯历史味道的鱼子酱面包。

每一个人都穿得很隆重，除了一些远道而来的客人。而当地人更喜欢带着孩子来看，那些孩子都是一袭正装，男孩子都打着领结，女孩子都穿着裙子，有些孩子就是学芭蕾的，当然也有些孩子只对休息时的鱼子酱面包感兴趣。但这都不影响他们在演出进行时，始终保持安静认真。

怎么样深厚的底蕴，才能让每一个细节都能看到这个城市的影子。

这条河孕育的文化，已经刻进这个城市每一次呼吸吐纳之间。

不难想象为什么普希金会生活在这里。

我想到莫斯科时住我楼下的那位画家，或许在这个城市生活的人，即使离开了这里，身上也会带上几分这城市的气息。

我们住的那栋楼的底楼住了一只金毛狗。名字叫葛西，主人是一个中年男人。男人总是喜欢拿着本书，在清晨的时候带着葛西去前面的那个街边公园跑步，跑完他坐在长椅上看书，葛西在雪地里追着乌鸦乱跑。

我是在有一天和V一起去晨跑的时候认识的葛西。

那会儿葛西很久没洗澡了，又刚在脏水里滚了几圈。见我跟它招手，就摇着尾巴来了。它主人会说一些英文，但却不太爱说话。看着那么脏的葛西老往我身上蹭，随手摸出口袋里的手绢递给我。

他们总是天没亮就出门，回来的时候刚好碰上才出门的我们。它主人只是微笑，而葛西摇着尾巴就来了，在身边蹭上好一阵才离开。

好像生活在圣彼得堡的人，都很悠闲而且优雅。

晚上回家，在楼下被雪覆盖的空地上用脚写了一个字母l，第二天早上醒来，l就变成了love。

去超市买酒，收银大妈要看护照，并且开玩笑地说，你长得可不像成年人。

去餐厅吃饭，长得很帅气的女服务生在买单的时候送了我一罐蜂蜜。

圣彼得堡的每一个角落都充斥着生活的情趣。街上随处可见画廊和剧院，待在这样的城市，任何人都会被染上一些诗意。

摩洛哥

他的眼眸映着卡萨布兰卡的月光

风城女侠

二月北非，天地苍茫

我的朋友，我来赴约

旅人，当你站在撒哈拉的苍穹下

他的眼眸映着卡萨布兰卡的月光

在我还只有九岁的时候，我很意外地看到了《小王子》。

我记得很清楚，当时我只花了一节语文课的时间就把它看完了。剩下的那节数学课，我脑子里只想了一个问题："宇宙里真的有B612星球吗？"

那时候没有百度，没有智能手机，我只能在那节数学课上反复假设，又反复推翻假设。

孩子的兴趣总是很短暂，那节45分钟的数学课结束后，我便忘了这问题。后来放学的时候，我去跟同桌要那本很旧、书皮也脏兮兮的《小王子》，同桌是个只爱玩游戏的男生，压根儿不看字比画多的书，我也不知道他从那儿拿来的这本书并在上学的时候带了过来，但我知道，他肯定没有看，因为他拿给我看的时候很正经地吸着鼻涕跟我说："这本书超好看，讲的王子和公主，不过都是女生喜欢的，我借你看可以，但你要把你的《老夫子》给我看。"

最后，我就用两本《老夫子》漫画换来了那本旧书的拥有权。

我全套的《老夫子》就从此差了两册，但我拥有了第一本《小王子》。

那之后又几年的时间，我断断续续地又买了第二本、第三本《小王子》，也翻来覆去读了不知道多少遍。虽然内容都一样，但它们的包装越来越精美。我也从别的地方东拼西凑出了《小王子》的作者圣埃克的样子，也知道了他的飞机曾经真的在小王子出现的地方失事。我不再对宇宙里是不是真的会有像B612星球这样的问题感兴趣，因为我知道小王子在地球出现的地方是真实存在的，它叫撒哈拉。

那时我想等我长大了，我就去那地方看一看。那时候总希望自己快点长大，变成自由的大人。我仔细看了很多遍全书最后一张图，我记住了圣埃克笔下小王子出现的地方。

后来，等真的长大了，才发现大人更不自由。我确实去了很多地方，做了很多事情，但并没有去撒哈拉，也没有再看《小王子》。

2015年的时候，马克·奥斯本的电影版《小王子》上映。

巨大的银幕上，剪纸形象的小王子是如此温暖又柔软，像一个走很远的人突然回头叫住了我。

那片子很好看，一起去电影院看的朋友在我旁边对着银幕哭得稀里哗啦，眼泪都掉进了爆米花里。我有些小遗憾，那么多的爆米花，真是浪费。

而电影结束的时候，我还有些更大的遗憾。

对于小王子，我好像失约太久了。

撒哈拉对我来说太远，我没有办法像我的朋友一样借助一次候鸟迁徙的机会到达那里，也不像圣埃克那样会驾驶飞机，我甚至没有办法说走就走，我需要做一些准备。

我需要在卡萨布兰卡订一辆车，这样我才能更好地去到那个地方。

我也需要提前规划一些路线，因为西撒哈拉并不像那儿的沙丘一样宁静。

后来又过了两年，2017年年中，奶奶过世，那段时间总是梦见同样熟悉的场景和一些再也见不到的人和事。

下班开车回家的时候，我总是在后视镜里看见城市的日落。它很美，但我从来没因此停下过。

望着它的美背道而驰，直到它的美香消玉殒。

城市的道路堵了那么多车，却容不下一个为日落的美而停车的人。

我想到小王子说，有一次他看了41次日落，当一个人有些忧郁的时候，他是会喜欢日落的。

那之后，我才终于踏上了这趟赴约的旅程。

飞往卡萨布兰卡的航班上，我做了一个梦。梦里我掉进了一个巨大的空间，周围都是闪烁的繁星，我很快就在那些繁星中找到了那个熟悉的星球，它正对着日落的方向，那日落既像画中B612行星上的日落，也像后视镜里那些高楼大厦间的日落，还像儿时坐在院子里的藤条椅上的傍晚。

那星球很小，小得只能容下一个人。

面对日落的方向，一个熟悉的老者背对着我坐着。

然后飞机落地，梦也醒了。

飞抵卡萨布兰卡机场的时候，当地时间下午4点。在机场提到了之前订好的车，往卡萨布兰卡开的时候已经日落了，2月的北非，天黑得早，远离城市的机场道路已经亮起了路灯。

路程才走了一半，车子突然就熄火了。

再次打燃，往路边一靠，就再也打不燃了。

天完全黑了下来。我打了租车公司电话，对方不太懂英语的阿拉伯人并不好沟通。我有些着急，就冲电话吼了起来。

V从我手上拿过电话，重新轻言细语地解释。完了他挂了电话对我说："我们就安静等一会儿，他们会叫救援过来的。"

说完，他往天上看了看，说："哟，这月亮好亮。"

"月亮不亮，难道要叫月暗吗？"我态度冷淡地回了句。旅程刚开始就陷入这样的麻烦中，让我的心情不太舒畅。

那会儿离城市还有点远，周围没什么别的建筑，卡萨布兰卡的

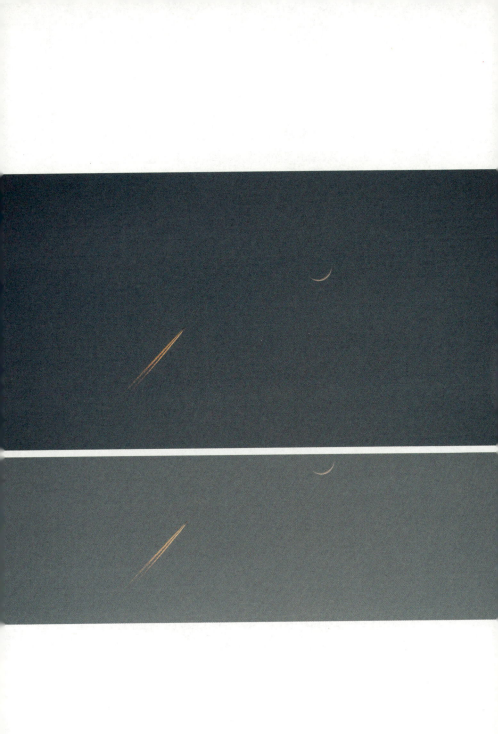

郊外没有多少行人，两个远道而来的异乡人站在路边的月光下等待救援。每一辆从我们面前飞驰而过的车都掀起一阵冷空气侵袭我们单薄的外套。

V从车后备厢的行李箱里取了件毛衣外套递给我，说："既来之，则安之。"

说完他打开我们每次长途旅行都会带着的音响，放了那首《卡萨布兰卡》。

然后那天卡萨布兰卡郊外就多了一道两个等待救援的中国人跟着一台小音响忘我地唱着《卡萨布兰卡》的风景线。那时候我问V："你知不知道，《卡萨布兰卡》这首歌其实跟这城市没多大关系，它唱的只是电影。"

V说："不知道啊，不过这不重要吧。"

是不重要。

我曾经以为两个人在一起，情趣相投很重要。所以我曾经在随心所欲的我和充满规划的他之间，始终保持了朋友应该有的距离。

但当他几年前穿过重庆那场阵雨，出现在我面前时，我觉得一切都不重要了。

他没翻过《小王子》这本书，但他在决定陪我来的时候说："说不定能见到小王子。"

他最怕突如其来的变化打乱他的计划，但现在却是他告诉我："既来之，则安之。"

几年前他说："你那么喜欢全世界捡东西，那你就把我捡走吧。反正你已经在我的人生规划里了。"

　　几年后我们去了很多地方旅行，像是他的规划，也像是我的随心所欲。

　　这夜卡萨布兰卡的月光映在他的眼眸，就像时光长河。

　　当两个人在一起，当他陪你度过漫长黑夜，当他陪你对抗过这个世界。

　　他始终陪着你，没有什么比这个更重要。

风城女侠

离开索维拉的时候，我很舍不得。

这里是《权力游戏》里龙母登陆的奴隶港，是大西洋彼岸成群海鸟的栖息地，也是永远被礁岩激起的巨浪拍打着的风城。

麦地那码头的日出，海雾和风沙中，一个从中世纪油画中走出来的远古场景。那些海鸟穿梭在海雾中，海港里停满了船只，水手们做着出港的准备，大批的海产货物被清点着，准备被运走。鸟叫声、海浪声、诵经声、码头的汽笛声，海风吹过来都是古老的味道。

"我留在这里，都是因为这里的日出。"苏珊在麦地那的码头前跟我说。

她那会儿正要去买中午午饭的食材，顺便带上了想去看日出的我。但到了码头她就忘了买食材这回事，陪我看到天彻底亮，才慌忙去买了一篮子新鲜的鱼。回来的路上，她说："你下个假期应该再回来看看这儿的日出。"

　　苏珊是我住的酒店的女管家。

　　记得离开索维拉的时候，她跟我说："你将要去的马拉喀什是个好地方，可以尽情嗨。"她说着还把双臂在空中转了两圈。

　　她是一个非常活泼而热情的当地女人，聊得很嗨的时候总喜欢用一些肢体语言诠释情感。她开心的时候会发出气喘一样的笑声，就像小孩子。

　　退去码头的气宇轩昂，退去白昼的市井繁忙，索维拉麦地那的夜是宁静祥和的。

　　沿街的小店都在渐渐关了起来。游客也少了一些，一些酒吧的歌手唱着深情的歌在巷子里回响。这是小孩子们的天堂，所有小孩都到了街上，背着书包的，没背书包的，有的凑在一个老修理店的黑白电视前看球赛，有的三五成群在古老的城墙下踢着一个有点破的球。

　　苏珊说："这里的小男孩，都喜欢足球。"

她自己也喜欢。每个吃完晚饭回酒店的夜里，我都会看见她在门口带着几个年龄还不够去那边古老城墙下踢球的小孩在那里玩。她踢着一只花色的球，后面跟着的几个黑黝黝的孩子笑着追着，她看见我，就把球往我脚下一带。

"Shoot！"她冲我喊着。

然后，我顺势一抬脚，踢空了。

她和那些小孩一起笑到快气喘了。

苏珊自己也喜欢开玩笑，就算你不觉得好笑也没关系，她的玩笑她既负责开，也负责笑。

刚来的时候，我在她的酒店订了最高那层的房间，只是因为当时在Booking上看到的那只堪比游泳池的浴缸。房费贵一点我忍了，酒店没有电梯我忍了。然而第一天入住酒店的时候，我和V拖着行李好死不死地终于到了房间门口时，她指着庭院里一个经久失修的按摩浴缸跟我说我房间的浴缸昨天客人弄坏了，我只能用庭院那个了。

我大惊失色。

谁要这个院子，我要浴缸啊。

我内心洪荒之力蓄势待发。

随后，她放声大笑。

"我只是开玩笑，浴缸是好的，早上才擦洗过，你是不是被吓到了？"

"……"

吓劈叉了好吗？

摩洛哥喜欢用一些本地的草本植物作为香料来制作甜点和茶，苏珊也喜欢研究这些草。每天送到房间里的茶和茶点都不太一样，有时候是这种草有时候是那种茶。下午逛完索维拉古城，V会去海边拍照。这时我就回来在酒店和苏珊一起喝她那些草。

摩洛哥的传统庭院，下午的阳光从上面斜洒下来。苏珊留着大波浪的中长卷发，睫毛很长。她有一半法国血统，皮肤比一般阿拉伯女人白多了，总是喜欢在眼睑上涂偏红色的眼影，细细一条晕开，笑起来的时候，仿佛开在眼边的一朵花。

刚到索维拉的时候，因为北非的干燥空气和长时间的驾驶，我在苏珊面前流了鼻血。

那会儿我本来只是低头选着菜单上的下午茶，一抬头，一股血腥味就冲进大脑。

苏珊眼睛都瞪圆了，大叫着："等一下，你别动。"

叫完她就冲进花园另一头的厨房，再回来的时候，手里端着一玻璃壶冰镇的什么草泡水。她倒了一杯里面的水给我喝，又用桌上的叉子取了一点里面的草敷在我颈子上。

没有鼻血再流出来，只是那水就算冰镇了也是一股土味。

"这是什么草，真管用。"我问。
"这草就是一种香料，但它的根有镇定功效。"

难怪一股土味，我想到了赤道人民的国饮kava，也想到雨后泥土散发的潮湿味道，胃的底部泛起一阵恶心。

但苏珊经过成功地帮我止血，仿佛得到了鼓励似的。在索维拉待的几天，让我喝了好多来自苏珊奇奇怪怪的草泡水。每一种都像是吃了一口路边随手采的草，想呕呕不出，想咽咽不了。

但她在我身边倒是喝得津津有味，并且时不时总热情地问我：

"嘿，不再尝一点吗？"

哎，我宁愿再次去劈叉好吗？

那时候我只觉得苏珊是隔着千山万水莫名拥有着中医天赋的奇才，后来我才发现她是隐居在这大西洋彼岸沧桑古城里的女侠。

在索维拉的几天，我并非完全轻松。这次北非的行程一个多月，我们要一路自驾进入撒哈拉。而摩洛哥订的那辆车在卡萨布兰卡报废后，当地车行给我们换了一辆不等值的车。每次给车行打电话过去都是态度很好的承诺第二天把车开到我们酒店，但挂了电话的第二天总是看不到车来，我们满肚怒气地打电话去理论时，对方会不耐烦地装作不懂英语，而当V在电话里威胁对方要去报警时，对方又换回很好的态度并再次承诺第二天把车开到酒店。

明日复明日，周而复始，身心俱疲。

那家车行是全球连锁，遍地开花，从卡萨布兰卡到马拉喀什，我们几乎打遍了所有代理电话，也得不到一个合理的解决。

那时候唯一的愿望就是在电话那头装听不懂英文的时候，用本地语言骂他们一顿。

然后这愿望，苏珊帮我实现了。

她主动出手，在一个午后帮我打电话去声讨车行。那天刚好我们开车去了城外的沙漠采草，她穿着莫代尔面料的长衫。沙漠里有风，总徐徐拂动长衫的下摆，她拿着电话在一棵阿甘树下走来走去地说着。这片荒漠里的阿甘树长得很茂密，苏珊白色的身影在其间若隐若现。

翩若惊鸿，宛如游龙，拔剑出鞘时，衰草尽随落。

剑指车行无赖，女侠通常只用说一个字："滚。"

对方就该仓皇而逃了。

苏珊打完电话回到车上，语气铿锵有力，态度严肃坚决地跟我说："明天不来，我们去报警。"

那时候我觉得，车换不换得了已经不重要了。

女侠也帮我去市场上砍价。

在摩洛哥逛市场的时候，我总是很容易就想起曾经在伊斯坦布尔买东西的时候。土耳其的商贩我是佩服得五体投地，那里的人甚至都拿着英文词典跟你对话，走在街上就时不时蹿上来一个人，开场白就三句话。

"朋友，欢迎你。你从哪儿来？"
"中国？蜜蜡？"
"朋友跟我来，我给看些特别的。你一定喜欢。"

而阿拉伯街头很少听到这样套路的三句式，虽然阿拉伯商贩没有那么积极主动，但如果一不小心在他店里看上什么，你第一次问到的价格肯定会吓死你。

他们善于观察，他们知道你喜欢那个，阿拉伯商人是擅长读心术的高阶玩家。

而像我这样的新手，几乎被瞬秒。

我已经不记得我怎么在那个海风微凉的夜晚把苏珊拖到夜市上，就在那个我屡战屡败的摊位前，一件非常大的旧羊毛毡披肩，大胡子阿拉伯男人要卖2000，我往返两次讲到1500。

然后被我拖来的苏珊就在对面露天酒吧很嘈杂的声音做背景下，跟大胡子大战几回合，最后用500买到了。

我简直惊呆了，当街道对面的苏珊张开手掌，给我打了五的手势时。

欢天喜地地跑过去付钱，大胡子一看是我，感觉被骗了，但他无力回天，只是在找钱的时候跟我说："你找来一个帮凶。"

我惊讶于这大胡子的不怎么好的英文词汇里竟然还有帮凶这个词。

"拜托，这又不是一起谋杀。"

我说着。

这是一场拔刀相助。

转眼去看我的女侠，她已经又逛到街斜对面的香草铺子上了。

离开索维拉那天早上，女侠倾厨房所有做了各种草味的茶点每

样一种，然后我们坐在一起吃。我们东拉西扯聊了很多，关于索维拉，关于马拉喀什，关于植物，关于历史。

因为时间的缘故，我们没法在这边等待警局立案，苏珊非常担心车行会将之前换了我们的车这件事不了了之，一再告诉我有些阿拉伯人是非常花言巧语和懒惰的，如果要讨个公道，必须自己积极地去争取。

从那一桌的茶点上我感觉得到她的不舍，而我的不舍竟让我觉得那些总有青草味的点心回味无穷。

走的时候她说："马拉喀什是个非常嗨的城市，有煮蜗牛，你要躲着点那些拿着纸卷烟朝你走来的人。我非常喜欢那儿，你也会喜欢的。"

后来，她又说："但别忘了索维拉，你可是说过下个假期要再来。"

再后来我们到了马拉喀什，也确如苏珊所说，一片粉色。

我们在人来人往的麦地那街道里穿梭，角落站着的阿拉伯小男孩拉了拉衣领走了过来，他从口袋里摸出小盒子，一打开就是一小排纸卷烟。

"嘿，好东西，要么。"

我笑了，试图说点什么，但看着眼前眼神飘忽的男孩子，我又迟疑了。我想要是苏珊在，肯定要劝这孩子从良。

在麦地那找一处高地爬上去，眼前的马拉喀什，像荒漠中长出的一朵花，也像苏珊笑起来时，眼角绽放的色彩。

二月北非，天地苍茫

自从踏上北非大陆，四季就被揉进了一天。

清晨是迎面而来远方的风混杂着地中海的冰凉雾气，蜷缩在厚厚的呢大衣下依然瑟瑟发抖。而正午是雾气散尽，烈日直面这片荒漠，只穿单薄的短袖也依然汗如雨下。

摩洛哥N9国道上，我们继续往撒哈拉的方向开。灼热的阳光铺在柏油路上，像一把文火煲着来来往往的车辆。

车里放着当地的电台，《古兰经》的颂唱声回荡在车里。随手喝了一口放在车里扶手架上的可乐，温热碳酸液体在嘴里跳跃起来。

鼻子因空气干燥的原因，被我一直揉，揉着揉着就流血了。我拽了一小团纸堵住鼻孔。

V腾出一只把方向盘的手，从扶手箱里拿出一瓶矿泉水递给我。

"让你不要一直揉，把纸巾打湿敷在脖子后面。"

我照着做完，他又说："天黑之前我们要赶到瓦尔杂杂特，到那儿就好了，可以好好睡一觉。"

那会儿已是午后，清晨离开马拉喀什，我们已经在路上开了四个小时了，但到瓦尔杂杂特的路只走了一个半。

午饭的时候，我们在路过的一个小镇停车吃饭。马路边上的小餐馆，阿拉伯老板不会英文，只会微笑，点了菜，他就在一边的烤架上继续拿着一个塑料板子扇着炭火。路边露天的桌子被阳光烤得滚烫，手臂一碰到，就被烫红了。

那是一个很大的十字路口，几乎所有从西边来的车都会在那里分路，中间一堆五颜六色的路牌像一堆快被太阳晒化的糖果。从我眼前飞驰而过的老旧皮卡掀起一阵扬尘，那些漫天飞舞的黄沙就飞到每一个临街餐桌上。

午餐吃的塔吉锅鸡肉，但嘴里混进去多少沙我就不知道了。

在北非的每一天都是这么狂野。

一天前把车子开到马拉喀什的荒野去拍照，陷进了沙丘里，两个人顶着烈日走了几公里才找到人帮忙。那天手臂都晒脱皮了。

湿漉漉的纸巾贴上去后，脖子后面凉飕飕的。

越往东走越是荒芜。眼前全是裸露的山体和黄沙。一眼就望到天边。

像北非这样的地方，你可能会活得很糙，但你可以在你喜欢的任何地方停下来看一场日出或日落。没有人挡住视线，你将是它唯一且最重要的观众。

油箱快空的时候，眼前终于不是荒原了，挡在目的地前的最后两座山终于出现在了眼前。

山下有个小镇，我们准备在那里加油买点吃的。那时候午后接近4点，在山下已经明显感到太阳的角度变大了。下了车，一阵山风吹得我每个毛孔都紧缩了，立马从后座抽出厚实的毛衣，套在了单薄的T恤外面。

加了油换我开。

山路不算宽，但蹒跚而绕倾斜度并不高，绕了几圈也没升上去多少海拔。

但眼前已经是出现了很多积雪。开了窗往上一看，白茫茫的一片。

　　一小时前我还在烈日当空的荒漠下热得流鼻血，而现在我竟然在非洲翻雪山。

　　V本来很困的，这会儿看到雪，睡意全无。

　　我一踩油门，很快开到了接近山顶的位置。那儿有个观景台。靠在路边，停在一辆大巴车的后面。那大巴车载了一车的欧洲小孩，都十几岁的样子，男男女女还穿着短裤短袖就一窝蜂地下车，跑到雪里去丢雪球。

　　我和V一边颤抖一边下车，我们去悬崖边的观景台拍照。北非的山只有山体，没有什么植被，悬崖就在脚下毫无遮掩，不注意的话，一两个乱石堆踩空就会掉下去。有个小男孩直接翻出护栏在乱石堆上走，上面还有雪，我忍不住告诉他，这样很危险。

　　他倒是很听话的立马翻了回来，眨巴长睫毛问我："你们从哪

儿来？日本？中国？"

　　"中国。"我说，一边说一边拿着相机拍照。

　　"你们自己开车来的？"他看着我们的车，接着又问，"你多大，也是暑假旅行吗？"

　　我承认那小孩俨然已经和V一样高了，也承认欧洲人发育是超前一些。

　　"我至少比你大十岁。"我说。

　　他表示不是很相信，不过一会儿又转过来说："真的吗？"

　　我看得出他非常疑惑。但小孩的注意力总是只有那么一阵。旁

边两个中东人一个脖子上趴着一只巨大的蜥蜴，一个手里拿着个圆滚滚的黑石头走过来。

蜥蜴是拍照用的，当然是要收费，瞬间吸引去了那些欧洲小孩的兴趣。至于黑石头，那石头是裂的，中东人走近我们的时候，两手一掰，里面露出闪着光的红色水晶。

北非荒漠里盛产矿石。

在那些苍凉萧索的国道边上，寒风与烈日交加，即使方圆十里目之所及都杳无人烟，但挡风玻璃外常常会出现一些各种布料裹得严严实实的东西在路边，像一个石头。当着石头看到你的车，就露出头和眼睛，你这才看清，他们是一些饱经风霜当地人的脸。烈日下，风吹得他们睁不开眼，偏要向你走来，他们大多手里都拿着这样一大坨乌漆麻黑的石头。

> 当那些飞奔而驰的车，瞬间经过
> 他们就突然把手里的石头分开
> 里面血红血红的红水晶
> 就像他们被烈日灼伤的眼睛

可惜，血红水晶的光芒抵不过那么快的速度。

我遇见过很多次这样卖水晶的人，但我只买过一次。

那是在路边的三个被布包着的石头，车子路过她们时，我才看到她们的脸。一个母亲，带着她的两个孩子。那两个小孩脸都已经晒烂了，寒风吹得起皮。

一望无垠的乱石堆和沙漠中，我不知道她们走了多久。

我重新把车倒回去，停在她们的面前。

那块石头花了我们一些钱，但看着后视镜里她们孤零零继续走在路上的身子，我知道，那一点用也没有。

孤零零的她们走在悲壮萧索的景色里，若是有一树半荫，也能为她们遮住一点阳光，那也是莫大的善意。

可天地苍茫，哪懂人的悲凉。

我的朋友，我来赴约

我想过很多次我走进撒哈拉时的样子。

但我没想过，我真的走进的时候，其实我并不知道我已经进去了。

那会儿我们把车停在离撒哈拉最近的一个绿洲小村落，再往里就是撒哈拉了，没有公路，我们只能开沙路。

我看到不远处停着的房车，所有者是一对西班牙老夫妇。女的在车前的小凳子上喝茶看书，男的一路捡着什么。

我以经验判断，问那老人是不是在找水晶。

"哦，不，我找一些好看的石头，就像这样。"说完，他走向我，给我看了他手上一堆的战利品。

那都是些很普通的石头，除了有些颜色和形状上的区别外，我看不出来有什么特别之处。

可能察觉我并不是很喜欢这样的石头，他又接着说："每个人喜欢的不同，女孩子，你可以在这里找一些你喜欢的石头带回去。

像撒哈拉沙漠这样的地方，是有很多与众不同的石头的。"

然后我就跟他一起在地上捡起来。

我们绕开主道，走了侧面，因为那里的石头更多。一路捡啊捡的，就走了很远，直到我一脚踩在细细的黄沙里。迎面走来两个包着沙漠头巾的柏柏尔男人，他们用不标准的英语说着："欢迎你们来到大沙漠。"

那时候我才知道我已经脚踩在撒哈拉的沙上了。回头一看，我们离村落都有点远了。

那天我们往回走的时候，我手上空空如也。西班牙老人有些惊讶，他明明看见我一路都在捡，偶尔捡到彩色的自己觉得特好看的一块时，还会拿去给老人看一下。

但回到村落，我什么都没留下。

"女孩子，你的石头呢？"

"我扔了。"

"为什么，那块彩色的你说很好看的也扔了？"

"是的。"

"为什么？"

"好像总是下一块更好看。但我的行李空间有限，我不能带走太多东西。"

老人兀自笑着，笑完他从他口袋随便摸出一块小石头送给我。

于是那块小石头，就成了那天我唯一的收获。

在撒哈拉的第一天我们没有睡在营地的帐篷里，而是睡在了营地附近的沙丘上。

夜里的沙子是湿的，像是谁在上面哭过。

第二天营地准备吃早餐的时候，服务生扎木一脸惊讶地过来跟我说："你竟然没有感冒，可真神奇！"

扎木对我特别头疼，因为我算是营地最不听话的客人，自己开着车来，总是在早饭和午饭后，俩人把车开到很远去。沙漠里信号不好，手机是没有办法接通的，也没有网络。迷路了就是彻底迷路了。

他们总是要担心我们开不回来。

"沙漠里是很容易迷失方向的，也很容易陷进去，车就坏了。"来的第一天下午，扎木就很认真地告诫过我。

但我从没听过话，我总是开出去，好在最后也总是开回来了。

扎木又一脸惊讶地对我说："你们居然不会迷路，可真神奇！"

扎木和艾哈迈德是营地里英语最好的两个服务生，还会说上一个两个中文词语，也很健谈，因为我们是长住的客人，所以一来我们就聊上了。

艾哈迈德非常爱开玩笑，你问他话，他从不正经回答你。

比如你问他：“嘿，艾哈迈德，今晚我们吃什么，我饿死了。”
那他肯定会回答你：“不，Cindy，你今晚并没有吃的。”

但扎木是个几乎不开玩笑的认真男孩，这时候他就从一旁跳出来。
“别说了艾哈迈德，你有，Cindy，今晚我们吃鱼。”

其实艾哈迈德的大部分玩笑都不怎么好笑，但当扎木跳出来，我就觉得事情变得很好笑。

沙漠里的生活特别简单，没有Wi-Fi，没有电视，热水和电也是限时供应，食材也是从很远村落每周运来两次。曾经靠近营地有一个绿洲，那个绿洲里有个村落，不少来沙漠的人都曾在那里歇脚，但后来一场沙尘暴，绿洲的水井就没了，人也陆续走了。只剩几棵树还在那里。

我听到扎木讲到水井，想起什么似的，说要去看看那绿洲。
他们就带我去了。
白晃晃的阳光下，一小片树荫，几棵大树间还藏着几栋衰败的小木房子。水井就在木房子旁边。扎木带我去看，但那根本看不出是水井，只是一个木头隔起来的圆辘轳，旁边有个石头架子，看得出来曾经上面架过辘轳，辘轳里都是沙，完全没有水井的影子。

“这不像我朋友找到的那种水井。”我喃喃自语。

扎木一脸疑惑地看着我："你说什么？你朋友曾经来过这里吗？"

"对啊，他是一个到地球旅行的王子。"我夸张地对扎木说道。

他更一脸疑惑了。我就哈哈大笑。

营地没有更多的娱乐，除了看书和画画。客人虽然络绎不绝，但没多少人在草棚里看书画画，因为那些客人停留时间都不长，他们一般第一天下午到，第二天晚上前就走了，他们非常忙，到了营地就搭乘最后一班驼队去看日落，第二天一早又去看日出，午饭之后去拍照，完成这三件事，他们的撒哈拉打卡一游就结束了。

我们去的时候，只有一对法国夫妇和他们的儿女会在午后太阳把沙子都晒烫的时候在草棚里画画，准确地说是女人带着儿女在画画，而那男人在两个帐篷外的吊床上躺着看一本法文书。他们有一儿一女，男孩特别害羞，比起画画对非洲鼓更感兴趣，每天晚上的营地篝火晚会，他都在柏柏尔人忘我地拍打着非洲鼓时仔细观察跃跃欲试，女孩大一些，整天戴个耳机，听的什么也不知道，她偶尔哼哼，因为戴着耳机的缘故，哼出来都是走调的。

每当女孩在草棚里哼出走调的音乐，她埋头认真画画的妈妈就会不好意思地看看我，然后笑笑。

但我们只一起在草棚里坐着喝过一次茶，我知道他们一家都是法国人，过来度假，已经待了一周了。他们走的时候，那男的还把书忘在了吊床上。

虽然我捡到了，但我一句也看不懂，我不知道他们还会不会回来，就把书给了扎木。

他们走之后，就只有我偶尔去草棚里画画。

V不喜欢画画，就在附近拍照。

扎木和艾哈迈德偶尔过来一起画。

我不太会画画，画不画得好全凭运气，大概我那会儿运气不错，临摹了草棚里挂着衣服沙漠绿洲的水彩，自己都觉得像。

扎木跟捡到宝似的，非要我教他画。

但我也不会啊，怎么教，我只好从简单的开始，于是我教他画那幅印在我脑海里很深刻的图画。就是小王子出现时的那个地方。

我很快画完，艾哈迈德拿起来一看："这个地方我知道。"

我一脸惊讶地抬头。

他很快又说："就是大沙漠啊。欢迎来到大沙漠。"

当一个人喜欢开玩笑到艾哈迈德这种地步，你真是拿他什么办法都没有。

而更多的午后我都是开车出去在沙漠里找一些莫名的东西，直到后来轮胎被沙子磨出一股焦味。我才把工具换成了租来的全地形摩托或者骆驼。

骆驼骑得最远的一次，我都不知道骑了多远。

扎木在沙丘前让骆驼停了下来给它们喝水，我骑的那只白色骆驼一口唾沫吐在扎木脚下，感觉已经想罢工了。

我伸手摸了摸它停着好几只苍蝇的大嘴巴，缰绳系在它牙齿之间，被唾液打湿。

我想起有天傍晚驼队里有只骆驼始终不愿意上鞍，主人的缰绳拉了又拉，嘴里全是血。

想到这有点心疼，之后就也没再舍得骑骆驼。

营地每晚都有篝火晚会，所有人都要参加，但我只参加过一次，更多时候我都在远离人群的沙丘上坐着。

有一次我在星光中的沙丘上时，突然听到篝火那边，响起了熟悉的中国歌曲。

那首《月亮代表我的心》是我花了好几天教扎木唱的，我以为一向认真的扎木会很快就学会了，但没想到吊儿郎当的艾哈迈德边笑边唱，竟然比扎木学得还快。

后来我离开营地去了西撒哈拉，扎木和艾哈迈德唱着这首歌给我送别。

旅人，当你站在撒哈拉的苍穹下

或许是真的因为思念那个孩子。

繁星下的撒哈拉万籁俱寂，如此安宁，又如此悲凉。

我总在营地的人都围着篝火动容笙歌时，默默拿着电筒走很远去看星星。

撒哈拉的星星很多，繁星苍穹，就这么笼罩着绵延起伏的沙丘。

深夜里走在沙丘里的人不需要光源，每一粒沙子都会发光。

有时细心的艾哈迈德会发现和人群背道而驰的我，朝我跑过来嘱咐我别离营地太远。他蓝色的袍子和头巾在撒哈拉的夜风中飘扬。

这时我会向他保证，就在这附近，并且不会待太久。

他咧嘴笑着说："不要跟穆斯林撒谎哦。"

艾哈迈德是虔诚的穆斯林，但并不是纯正的阿拉伯人，他有一半柏柏尔的血统。

但其实我每次都对艾哈迈德撒谎了，我需要走出离营地比较远的地方才能找到一个相对比较高的沙丘。

但我没有坏心，我是可以被原谅的。

我只是想躺在那高高的沙丘顶端，看着上天的星星，直到眼里含泪。

营地附近并没有真正算得上高的沙丘。撒哈拉太大了，大得让人觉得渺小又寂寞。

我曾在一个阳光灿烂的午后骑ATV去看阿尔及利亚边境，我的柏柏尔朋友阿拉梅特带我去了方圆百里最高的沙丘。

阿拉梅特骑ATV的技术好极了，他能用最快的速度，不减速地冲上顶峰，又不减速地冲下来，顺便在很高的山脊做一个漂亮的甩尾。

但他偶尔也失误。他第一次失误的时候，我坐在他身后差点被甩下沙坡。

然后我就看到了沙浪深处陷着的一堆破铜烂铁。

那是一辆被风化多年的破旧吉普车。

"那是什么？"我问阿拉梅特。

"那辆车是一对西班牙夫妇的，他们陷了进去，没人能把这车从沙里弄出来。"

"什么时候的事？"

"六七年前吧，它在这儿六七年了。"

"哦……我真羡慕它。"

阿拉梅特听完不理解地摇摇头，然后从我的ATV上下来。因为我可不想从谁的车上被甩出去，真要人仰马翻，那我还是决定自己来。这点阿拉梅特理解，但他不理解我为什么会羡慕那辆陷进沙子里的破旧吉普车。

他不懂，撒哈拉有种让人深陷的神秘力量。走在沙子上的每一步，这种力量都在拉扯我。

那些出现在远处的绵延沙丘，我努力寻找一些痕迹，不想走，我只想陷进去。

关于这一点V也不太懂。我们沿着沙丘的山脊走到最高的地方，阿尔及利亚的边境就在眼前了。我坐了下来，握了一把沙对着太阳的方向。沙从我指间的缝隙源源不断地流走，落日的余晖让它们闪闪发光。

太阳已然要落下。我想起那个孩子说过："当一个人忧郁的时候，他会喜欢日落的。"

"真不想走。"我说。

"你想留在撒哈拉？"V说，"住的话，沙漠里面还是不方便，瓦尔扎扎特这类靠近沙漠的小镇倒是不错，可以租个小房子，买辆ATV，你想进沙漠的时候，就骑过来就好了。"

V说完就去跟阿拉梅特聊天了，他们说着附近镇子上的房价和车价，阿拉梅特很大声地说，一辆雅马哈的全地形车要七万迪拉姆。

不想走，并不是想生活在这里。

我想留下来，但这里并不是适合生活的地方。
生很短暂，幻灭才永恒。

那天夜里，我依旧在营地附近的沙丘上看星星。V在不远处架着三脚架拍夜景。我看见那些绵延起起伏伏的沙丘深处，一入夜就泛起光芒了。我依旧试图在里面找寻那些似曾相识的痕迹。
如果想伸手摸到地平线，就在撒哈拉的沙丘上躺下来，然后侧向一边，天际就与那些绵延起伏的沙接壤了。
万籁俱寂，手可摘星辰。
我躺下来，天空里刚好有两颗正对着我的星星异常夺目。

那个小孩子，一定会在其中一颗星星上。
我揣测着。

那一刹那星星不再是星星，仿佛是五亿个会笑的小铃铛。

"如果你对着夜晚的星空微笑，你的朋友一定会以为你疯了。"
他说过。

但现在我却如此想哭。

如果疯了能使我见到那个孩子，那我宁愿我的朋友都以为我疯了。

夜空下的撒哈拉沙漠如此安静，只有寂寞在这里永生。

我想写信告诉你。

我也如此的想念那个能透过盒子看到绵羊睡着了的孩子。

我来非洲的沙漠旅行了，也在画里的地方停留了，我甚至想永远地留在那里。

我没有看见他，但我知道他看见我了，并且我知道他会永远都看着我。

我想写信告诉你

当我相信小王子会回来时，他就已经回来了

这世界也因此而不一样了